Notes pour un portrait de Mara

Karine Maillat-Cazal

Notes pour un portrait de Mara

© 2021 Françoise Cazal
Édition : BoD – Books on Demand
12/14 rond-point des Champs-Élysées, 75008 Paris
Impression : BoD – Books on Demand, Norderstedt, Allemagne
ISBN : 9782322387434
Dépôt légal : Novembre 2021

Dans la relation amicale, « la résonance est l'éclair d'un espoir de réponse dans un monde qui se tait. »
Hartmut Rosa, *Résonance*

« If I could be free of you without having to lose you. »
Sarah Kane, *Crave*

« I do suffer love indeed, for I love thee against my will. »
Shakespeare, *Much Ado About Nothing*

Photo de couverture : Karine Maillat-Cazal

Avis au lecteur

Toute ressemblance avec des faits ou des personnes existant ou ayant existé ne serait que purement fortuite.

Avant-propos

Pour faire une pause après sept années épuisantes passées à enseigner la philosophie en lycée dans la banlieue parisienne, la narratrice, Marine, prend une année de disponibilité. Mais la principale défense de Marine contre les démons de la dépression, c'était son travail. L'année de disponibilié la confronte à elle-même et au vide de son existence. Le prisme déformant de son état dépressif lui fait prendre au tragique les petites trahisons ordinaires d'une amie d'enfance, Mara. Déçue par cette amie, elle projette d'en faire un portrait, dans le style outrancier de la farce. Mais le mal est plus profond. Ces notes préparatoires à la rédaction de la farce se transforment peu à peu en un discours désespéré, exprimant un sentiment de frustration d'autant plus vif qu'il réactive une perte amoureuse déjà ancienne, jugée irréparable : celle de Wilhelm.

En proie à son mal-être, Marine se débat entre l'obligation d'écrire, sans laquelle, semble-t-il, aucune reconnaissance n'est possible dans son entourage parisien, et le silence qui l'appelle. Ce projet de texte satirique sur le personnage de l'amie défaillante est l'occasion d'une série de croquis décrivant les petites mesquineries et les prétentions littéraires de jeunes trentenaires qui se forgent de toutes pièces des pseudo-névroses pour avoir matière à conter.

Le portrait de Mara devient une réflexion sur ce qu'il reste, à l'âge adulte, des amitiés de l'enfance, et surtout sur la double injonction contradictoire d'écrire et de ne pas écrire. Dans ces *Notes pour un portrait de Mara* se croisent et se mêlent de façon saisissante la circularité de la pensée obsessionnelle ressassante, propre à la dépression, et celle des reformulations successives caractérisant un texte en cours de gestation. Un exercice littéraire périlleux, remarquablement réussi.

Françoise Cazal

NOTES PRÉPARATOIRES POUR LA FARCE SUR MARA

Titre prévu :
Portrait de Mara en toutes largeurs et motifs de la crise
Temps et lieux :
Enfance, Luçon.
Départ à l'île de la Réunion.
Nantes.
Paris.
L'année actuelle (2004), en disponibilité. Aller jusqu'à juin, date du discours réellement tenu, le reste étant présenté comme une anticipation délirante.
L'an prochain.

ENFANCE

La photo de Mara, en CM_2, où, avec Greta, si je me souviens bien, elle humilie Inès, au prétexte que celle-ci porte un short moche (travailler en détail la scène du short moqué).
Mara lançait les modes.
Déléguée de classe (thème à reprendre : chef d'entreprise, énergie, chien de berger qui nous réunit tous par-delà la distance et maintenant, l'organisation des fêtes).
Un personnage drôle, très étudié, très composé, un rire déjà travaillé : définir ce rire. Déjà, en CM_2, un vaillant petit personnage social. Elle était drôle. Elle plongeait son nez dans sa trousse, en cours, en faisant, comme elle disait, l'autruche.
Sa vie déjà, dans le microthéâtre social du collège. Aimait les expressions toutes faites, comme « Ça va chier des

bulles ». Jouer au personnage public. Moi, j'avais ma vie à l'extérieur, dans mon village de la plaine vendéenne.

Ses nombreuses collections, toutes plus ou moins absurdes (poupées Barbie miniatures, puces de bois, billes de bain, etc.) où, toujours, en bonne petite pie collectionneuse, il s'agissait pour elle d'avoir plus de pièces que ses émules.

Parlait pas aux ploucs. Les ploucs étaient définis comme ceux qu'elle ne connaissait pas, ne voulait pas connaître. Déjà une hiérarchie des êtres. Tout en haut, il y avait ceux qu'elle voulait connaître, qu'il fallait connaître. Ambition de parler aux mecs en vue, les « grands » de première et de terminale. Flattée de se montrer en train de parler avec des mecs plus vieux. Mais ne parlait pas aux Arabes dans la rue : « Mon père m'a dit de faire attention ».

En classe de cinquième : elle se bat pour avoir la plus belle correspondante, d'après les dossiers-photos distribués par la prof. Bataille de chiffonniers. Comme elle était fière que sa correspondante soit « la plus belle » et, qui plus est, fille de proviseur ! Hélas, ce n'est pas avec Mara mais avec sa sœur aînée que ladite correspondante s'est entendue et est sortie, privilège des grandes, des presque femmes, des femmes avant l'heure.

Déjà, Mara se passionnait pour les lotions pour le corps, déployait tout le théâtre de coquetterie dont une femme est capable, les posters de mannequins aux couleurs pastel accrochés aux murs, etc. Elle disait « C'est classe » quand elle appréciait quelque chose. Elle s'habillait « classe ».

Elle disait « la gruge », « je l'ai grugé », « on va gruger », « je l'ai bien grugé ».

En quatrième : j'admirais comme elle était dure en affaires dans nos négociations de billes de bains. N'ai suivi aucune des modes, sauf celle-ci, d'autant plus absurde que nous avions seulement une douche à la maison. Mara avait l'avantage d'aller à Nantes, Niort et La Rochelle pour se fournir en billes. Je pense avec attendrissement qu'encore aujourd'hui (question : encore aujourd'hui ?), elle conserve mon legs de billes. Lui ai laissé ma collection, en quittant la France pour aller à la Réunion. Ses nombreuses collections : les énumérer pour effet comique. Et on s'écrivait : « ...billet d'Auch », et je me suis prise au jeu.

Classe de troisième, elle annonçait : « L'année prochaine, je me mettrai avec Éva parce que sa sœur, c'est Nathalie R., et son père vend des bijoux, elle puis, elle connaît Paul D., et elle sort avec Dominique B., et puis, elle est belle, et elle est sympathique, et aussi, on se connaît depuis la maternelle ».
Pourquoi Mara et moi avons-nous « été ensemble », cette année de seconde ? Sans doute à cause de la trahison de nos deux amies respectives, Inès et Éva. Début de la mésalliance. En tandem.
Le mercredi, elle fumait des cigarettes « *Silk cut* » au Café du Commerce.
Elle aimait connaître les informations avant les autres, elle tirait fierté d'annoncer un scoop. Aussi n'ai-je pas été peu fière, un dimanche matin, d'être la première à lui annoncer la mort du chanteur Balavoine que, pour tout dire, je ne connaissais pas, mais dont je pensais que ça l'intéresserait. Elle aura alors pu appeler tout le monde pour annoncer son scoop. Idem pour *Santa Barbara* : tirait supériorité de ce qu'elle connaissait la suite via les États-Unis.

En classe de seconde, elle disait : « Je serai prof ou notaire. Parce que que c'est bien vu ».
Plus tard : « Je serai proviseure ».
« Je ferai un film sur Éva ». « Je ferai un film sur l'IVG ».

Elle a grandi dans des Lycées en préfabriqué. Pas grandi dans la beauté.

Classe de seconde : il fallait, à la pause de dix heures, faire avec elle à toute vitesse le tour du lycée, – mais il est vrai que nous avions besoin de nous dégourdir les jambes –, et baisser les yeux en passant devant certains garçons, et je devais lui dire ensuite s'ils l'avaient regardée.
Jouions au Kniffel chez elle, entre midi et deux, avant que l'on se mette au travail. J'avais horreur des jeux de société, mais m'y pliais, tant gagner la mettait en joie. Bien plus tard, à La Rochelle, elle jouera tous les jours sur le chemin du retour une petite somme au casino.

Fin de la classe de seconde : la « crise » qu'elle a faite au prof de Physique parce que j'avais eu 12 et elle seulement 9, à un devoir important.

Petites agaceries dominatrices : contre-emploi, quand elle m'appelait « ma caille, ma petite caille, ma caillette », en public toujours, et je devais l'empêcher de me pincer les joues entre l'index et le majeur, c'était un de ses petits plaisirs quotidiens, et moi, avec agacement, je l'empêchais tant bien que mal de me pincer.
Sa copine dans les années de collège : Greta, presque quatorze ans, que nous appelions « J'suis malaaaade », ou « J'me suiciiiide », toujours à se plaindre, toujours malade, sniffait de la colle en cours d'allemand et surtout se « suicidait » au compas, en entretenant une éternelle plaie à son poignet. Diable ! Mara a bien fait de la quitter.
Suis devenue « meilleure amie en titre » de Mara seulement quand j'ai été loin, quand je suis partie à l'étranger. Éva,

elle, sera érigée en meilleure amie une fois qu'elle sera morte (alors qu'à Nantes, dans leur vie commune d'étudiantes, elle manifestait à Mara la distance ironique de la déjà femme à l'égard d'une gamine coquette et un peu ridicule).

À son arrivée à Paris, Mara disait encore : « La sœur à ma mère » et « le mec à ma sœur » et « l'appart' à ma sœur ». Un peu plus tard, elle dira : « la fortune de ma sœur Nadine ». Ensuite, elle s'est corrigée.

À sa sœur Nadine, à mon sujet : « Marine, elle a les cuisses qui se touchent pas, c'est moche, les cuisses qui se touchent pas. » Nadine : « Non, c'est moche, les cuisses qui se touchent ». Mara : « Non, c'est moche les cuisses qui se touchent pas »... et le conflit entre elles, et sur mes cuisses, s'envenimait et s'éternisait, jusqu'à ce qu'elle dise à sa sœur : « Je vais te les montrer », et il s'agissait de montrer *mes* cuisses et, tout ce temps-là, je me demandais « Qu'est-ce que je fais là ? », mais, déjà, je me taisais et, sans doute, tout ce qui m'arrive aujourd'hui était-il là en germe et je ne bronchais pas. J'étais déjà bien bête.

Et aujourd'hui, je me rends malade pour une histoire digne des adolescentes les plus lamentables.

CHRONOLOGIE DES MOTIFS DE LA CRISE

Époque Bernardeau, c'est-à-dire il y a déjà huit ans. Mara disait : « Il y a des milieux où tu plais plus que moi ».

Son grand-père – l'ai-je entendue dire à diverses personnes – était un « dandy », alors que j'ai connu son grand-père. Qui n'était pas du tout ça. Changement, un an plus tard, de discours : « Je suis une paysanne ». Ce qu'elle n'est pas non plus, grands dieux, pas du tout.

Plus tard, à Paris, elle tente de rencontrer Godard et Chloé Delaume et dit « Ces gens-là sont tout à fait accessibles ».

Quand elle a eu compris que ces gens-là étaient accessibles, elle m'a dit : « Tu pourrais sortir avec Desplechin, tu lui plairais. » (N. B. : c'était bien une forme de générosité de sa part, de vouloir me recaser, c'est bien le signe aussi qu'elle ne m'a jamais comprise, mais il est vrai que je parle peu de ces choses-là). Insister là-dessus, reprendre cette idée en motif, l'idée que l'on pense tout naturellement que nos amis nous connaissent, ce qui s'avère faux.

Toujours dans la veine de « ils sont accessibles » : « Tu pourrais sortir avec Philippe Katerine ». Puis, quinze jour après, elle rectifie, « Ce ne sera pas possible, il est déjà avec la sœur de Lio. C'est la sœur de Lio, tout de même ! » (traduction : je ne sais rien d'autre d'elle, mais c'est pas rien, être la sœur de Lio, ce doit être quelque chose, ce doit être une « créature », à côté de laquelle toi, tu n'es rien).

À Moscou, elle clame, elle claironne : « Je suis agrégée, je suis agrégée. Maintenant, me voilà crédible ». Moi : « Oui, tu es montante, comme je suis décadente ». Elle : « Non, on est pareilles toutes les deux ». « Non », je réponds, « je disais cela par rapport au milieu d'origine ». Et je lui lance : « Tu n'as pas lu Bourdieu ? ». Ce sera le point de départ de la crise, la faute originelle, quand je traquerai, plus tard, les causes de tout ce massacre amical. Soit il y aura eu là de quoi nourrir sa jalousie, soit elle aura été conduite à penser « Je perds mon temps avec Marine, elle n'est pas *intéressante* ».

Autre faute originelle : il y a très longtemps, au téléphone, j'ai dit à Mara « Zola, non, je n'aime pas Zola, ça me fait chier ». Plus tard, j'ai lu avec bonheur *La faute de l'abbé Mouret*. Ma réputation de forte tête, mon côté pas commode datent pour elle de ce moment : « Zola c'est nul », gros sabots, etc. N. B. : agacement peut-être dû aussi à ce que je lui avais dit « la morte amoureuse, c'est toi ».

Au sujet de l'attrait d'une femme, elle aimait répéter : « Passé un certain âge, une femme ne plaît plus par son physique, mais par ce qu'elle fait. Passé un certain âge, une femme plaît parce qu'elle fait des choses *intéressantes* ».

De la même façon qu'autrefois elle a réalisé que le corps vieillit mieux que le visage et a entrepris ce travail énorme et de longue haleine sur son corps. Qu'elle avait déjà commencé tôt, d'ailleurs. Elle l'a accentué. Ridicule oblige : la pince à épiler sortie devant Isabelle le jour où elle l'a rencontrée, *ne-pas-perdre-son-temps*. Travailler les muscles fessiers en même temps qu'elle marche dans la rue, *ne-pas-perdre-son-temps*. Se reposer, yeux clos, dans le métro, voire dormir un quart d'heure, toujours ça de gagné. S'épiler les mollets devant mes amies, faire ses abdos fessiers devant mon amie Hélène (la première fois qu'elle la voyait). Elle faisait ça avec humour et énergie. Façons de se mettre en scène.

Retour de Moscou, à Pâques : dîner chez Erwan Petrovski. Ça la contrarierait vraiment que j'aille à ce dîner, elle ne me dit pas pourquoi, mais ça la contrarierait fortement, elle préfère que je n'y aille pas. Et moi, je m'y plie !
Petrovski : un rocker qui a sa petite cote et, surtout, un producteur qui marche. Ce qu'il n'était pas autrefois. Je

pouvais alors, sans que cela pose problème à Mara, le fréquenter quand il donnait ses concerts dans des caves ou faisait les premières parties de groupes plus connus. Idem pour le garçon qu'elle appelait « La Revue » : j'avais le droit de le voir quand il était stagiaire à *La Revue* et encore électron libre. Mais maintenant qu'il est rédacteur en chef et producteur, je n'ai plus le droit de le voir ! Chasse réservée.

Été : elle insiste pour que je prenne une carte UGC annuelle. Puis, pensant avec condescendance à ma situation de disponibilité théoriquement fauchée : « Tu pourras venir manger à la maison, quand tu veux ».

Elle ne va pas faire un tour à Londres avec son copain Moineau, elle « descend au Hilton, à Londres ».

Été : son impolitesse, quand J.-P. Elderly appelle au téléphone. Depuis qu'elle connaît Elderly, elle part dans de grandes leçons politiques à tout bout de champ, tout d'un coup elle est avec véhémence de gauche. Ce qui lui permet de mentionner ensuite, dans la conversation, ses discussions avec Elderly. Alors que mon association d'anciens trotskistes et ce qui s'y disait ne l'ont jamais intéressée. J'aurais dû lui dire quels noms célèbres y figuraient (je ne le savais pas moi-même, au début. Après, j'ai cessé d'y aller). Désormais, soudain, *Libé* dépasse juste ce qu'il faut de son sac.
Idem, par la suite : elle ne peut pas parler de cinéma sans dire « Vanneau m'a dit que... ». « Comme je le disais à Vanneau... », « Comme je le disais hier à Elderly... »).
Été. On parle un instant de ma dispo : un an pour me refaire. Farce : présenter ces brefs échanges sur moi, ma dispo, comme interrompus aussitôt par le long coup de fil avec

Elderly, après quoi l'on passe au problème de Balbuzard.
À propos du livre de Balbuzard, elle dit : « Il a tourné la page, il a fait son deuil ».
Et lui : « J'écris un livre, empêche-moi de l'écrire ».
Le livre de Balbuzard : consécration par les *Inrocks* (comme, plus tard, pour le petit roman de mon ami Stern, *Sardines*, édité chez Gerbert). Événement choc de la rentrée. Retrouver la formule qu'elle a employée (un truc tape-à-l'œil, dans le style des *Inrocks*). Idem, autre formule, plus tard, pour parler de son texte à elle : « Franck m'a dit que mon récit *Sur le câble* était un OLNI, un Objet Littéraire Non Identifié ». Trouver aussi, pour la suite, la formule, ou une autre formule des *Inrocks*, pour qualifier le roman *Sardines*, et Stern, son auteur.
Elle dit que Balbuzard va se taper encore plus de filles, va séduire plein de filles grâce à ce bouquin écrit sur elle.
Elle m'a demandé si je pensais qu'elle pourrait un jour oublier Balbuzard. Je pense que non. Depuis le temps...
« Ne pas être en reste sur lui », dit-elle, « sinon, je vais en crever ». Et moi, bien sûr, je la crois. Je sais qu'elle va s'employer d'arrache-pied à réussir avec la même énergie qu'elle mettait pour l'agrégation pendant toutes ces années de préparation. « Vas-y, fonce », je l'encourage.
Le même jour, autre conversation (formuler différemment) : je la rassure sur le fait que, non, elle ne se contente pas de répéter comme un perroquet les leçons de Balbuzard, mais qu'elle les a réellement intégrées, incorporées, que cela ne sonne pas faux, qu'elle n'est pas en décalage avec ses idées, qu'elle les a faites siennes, bref, qu'elle grandit avec et que cela n'a rien d'une simple déclaration de principes, que cela n'a rien d'artificiel (faire siens les discours de Balbuzard). Thème à reprendre plus loin, sur l'amitié.
Livre de Balbuzard sur l'amitié : parano de ma part. Quelle

nouvelle théorie Mara aura-t-elle encore développée sur l'amitié, dont j'aurai fait les frais... À mettre en scène, sa phrase : « Qu'est-ce que tu crois, on y a réfléchi, avec les Nantais » (entendre « avec Balbuzard »). Je ne me rends pas compte, paraît-il, de quelle star est Balbuzard, parce que je ne suis pas dans le groupe des Nantais. Là-bas, pour lui, c'est la consécration (trouver une autre formule). Elle répond « Tu me rassures, tu me fais plaisir, ça me fait réellement plaisir, ce que tu me dis... ».

Elle veut que je lise le livre de Balbuzard sur elle. On va chez elle pour le lire. Je le commence, c'est excellent et, pour tout dire, impitoyable. « Cotcotcot », il fait, pour annoncer ou accompagner le personnage de Mara. Et j'ai pensé à la paralysie faciale qu'elle avait eue. Et qu'elle allait devoir se démener pour ne pas en crever, et que je l'appuierai, une fois de plus. Elle veut que je le lise, mais en m'asseyant à côté d'elle, pour lui faire les commentaires.

Résultat, je n'ai toujours pas lu en entier ce livre puisque c'est après cela qu'elle a, pour ainsi dire, disparu ou qu'au moins, l'échange avec elle s'est, sinon arrêté, du moins transformé. Donc, moi, en attente de continuer à lire ce livre, puis me disant qu'elle n'avait finalement plus envie que je le lise, pas plus qu'Emma ne le lise. Emma s'en étonne : « Je ne comprends, pas, elle ne veut pas qu'on le lise, *nous* ? ». Pendant ce temps, elle fait lire son texte « *Sur le câble* » à ses élèves, en classe, ce qui est énorme.

Littéralement, ce bouquin de Balbuzard a contribué à semer le désordre dans ma vie. Décrire la fameuse crise d'angoisse loquace de Mara, en pleine rue. Faire démarrer là le commencement de la crise entre nous.

Elle avait l'angoisse (trouver un autre mot) que tout le monde connaisse leur histoire (à elle et à Balbuzard), c'est-à-dire sa vie. Mais en fait, c'est pire : « Personne ne sait que, dans le roman, Jenny, c'est moi, personne ne le sait, il ne l'a dit à personne », elle se plaint. Et pendant les sept ans qu'a duré leur histoire, il se cachait d'être avec elle, n'assumait pas. Au lieu que ce soit enfin révélé à l'occasion du livre publié, le secret continue. Tout le monde croit que c'est, ni plus ni moins, de la fiction. Super succès, à la fois critique et public, du livre de Balbuzard. Donc c'est pire, pour elle, de n'avoir même pas cette reconnaissance-là, qu'on sache que cela parle d'elle, même si ce n'est pas en sa faveur. Plus tard, elle dira à son ami Evaristo, en se rengorgeant : « Jenny, c'est moi ».

Été : ne suis pas allée à Rome ni à Venise avec elle. Motif : pas assez de confort et pas la bonne période. Plus tard, j'en serai à me demander si elle m'en veut aussi pour ça. Elle y est allée avec sa sœur.
Vu que pas d'Italie, nous nous accordons pour aller cette année ensemble à Berlin, sans doute à l'automne (Toussaint ?).

Rentrée : dîner vendéen. Ses mots, sur son IVG : « J'en ferai un film ». Puis elle raconte en détail, longuement et à la manière épique, l'épisode de la manif à l'Opéra, en disant « je », alors que nous y étions toutes les deux. Je remarque cet oubli, je m'étonne, je pense « Qu'est-ce qu'il lui prend » ? (Je m'en suis juste étonnée). Toujours sa manie de gommer mon existence.
N. B. : le pétage de plombs a lieu comme je vais à l'Opéra et tente de lui proposer de m'accompagner. J'ai deux places. Tombées du ciel le matin même. Retrouver le nom de cet opéra, majeur. Développer le motif de l'opéra comme facteur de pétage de plomb, et le mettre en rapport avec l'épisode Concorde-Opéra, avec Balbuzard.

Fête en banlieue, où je l'emmène (là, cette fois, elle répond au téléphone). Octobre.
Au retour, discussion dans la voiture. Moi : « C'est nul, ce que fait Valérie Préjane ». Elle : « C'est nul, mais elle a raison, il faut faire des trucs, n'importe quoi, même si c'est nul. Il faut être parmi les gens qui en sont. Être de ceux qui en sont ». Je dis : « Non, pas de trucs nuls : plus important de traduire Heidegger ». Elle : « Que tu le veuilles ou non, nous sommes des intellectuelles ». Moi : « Non, ce n'est pas ça, un intellectuel », et j'ai dû définir un intellectuel. J'ajoute : « C'est nul, les paillettes. Ce qui compte, ce n'est pas la petite notoriété des gens à la mode, c'est plus important de traduire Heidegger, il y a suffisamment de savoirs importants pour... ». Et son mec de me couper : « Tu ne comprends pas. Lorsque, comme elle dit, on n'a plus de cœur, la seule chose qui compte, c'est l'ambition ». Elle l'a interrompu sèchement, « Tais-toi ».
Plus tard, je me demanderai si elle m'en veut d'avoir été témoin de ce genre de scène, ou d'avoir choisi Heidegger et la philosophie plutôt que les petites modes culturelles du moment. Insister sur le lien entre elle, la mode, le plaire, et l'activité culturelle.

Plus tard encore : quand je lui laisse un message pour lui proposer une sortie, elle ne prend même pas la peine de répondre pour dire qu'elle n'en a pas le temps ou l'envie.

Je ne m'inquiète pas de cette absence, parce que je suis moi-même souvent en voyage. Tout au plus, je me dis : « Pas de chance, ça tombe mal qu'elle soit autant occupée justement pendant mon année de dispo. Pas de chance, non plus, si Valérie est partie à Chalon, et Léa à Bordeaux ». Je me réjouis pour Mara, parce que je pense que si elle n'est pas libre, c'est qu'elle « cravache ».

Je la croise par hasard dans la rue. Elle est avec Arielle (qu'elle appelle ainsi à cause de Dombasle et qui s'appelle en réalité Arlette). Je les accompagne au cinéma. Arielle parle devant moi de leur prochain week-end à Berlin. Mara, petit embarras, très petit, se tourne vers moi : « Je ne t'en ai pas parlé » (initialement, elle et moi avions prévu d'y aller ensemble), « je ne t'en ai pas parlé, parce que je pensais que, juste pour un gros week-end, ça ne t'intéresserait pas » (elle fait les réponses à ma place). Plus tard, je mentionnerai cela dans le pétage de plombs où le tout est différent des parties, en me demandant si elle en a marre que j'aie fait et vu des choses avant elle, moi qui connais Berlin, et si c'est ça fondamentalement qu'elle me reproche inconsciemment (si jamais elle me reproche quelque chose...). N. B. : sur cet épisode du voyage à Berlin, on peut, pour l'effet de style, la faire parler, devant moi, de moi à la troisième personne : « Je me suis dit, pour quatre jours, cela n'intéressera pas Marine ». Idem avec Sophie Calle et Roland Topor.
Chez Emma, qu'elle appelle au moment où je m'y trouve et qui me la passe, je m'amuse de sa venue à la boxe française (j'ai appris cela par Emma) et lui dis qu'elle fasse gaffe à son petit nez, et elle me dit, avec ce ton nouveau qu'elle a, métallique et expéditif : « Les nouvelles vont vite ! ». Et la conversation s'interrompt là.

Automne. Achille me dit : « Je n'arrête pas de croiser ta copine dans des fêtes, elle fait vraiment trop coiffeuse ». Comme d'habitude, je prends sa défense (Achille, quel snob !).

Pour créer effet de répétition. Achille l'a encore croisée dans une fête : « Quand on voit cette fille, on se dit gaffe à son pognon ! ou gare au portefeuille ». Je lui dis qu'il se trompe. Il est vrai que, pas de chance, la première fois qu'elle a vu Achille, elle a expliqué pourquoi elle s'octroyait des congés de principe, sous forme de congés de maladie, en plus des vacances de l'Éducation Nationale. Je dis à Achille, qui pense que le mec de Mara est marié et qu'« elle en est la maîtresse », qu'il a une vision glauque des choses, déformée par son milieu de riches oisifs à maîtresses.

Achille : « C'est amusant, les efforts de ta copine pour exister sur l'échiquier parisien » (ça, dans la réalité, il l'a dit beaucoup plus tard, une fois venu à plus de clémence).

Moi, me sentant toujours obligée de la défendre, ou de rectifier l'impression défavorable des gens à son sujet.

Toujours, je l'ai défendue : contre l'accusation de bêtise et de coquetterie et surtout de ridicule (légendaire, moi j'y voyais de la drôlerie assumée). Même quand, parfois (?), j'ai été gênée de sa sottise (le dire ou pas dans la farce ? C'est fondamental). Plutôt surprise de ce qu'elle pouvait dire parfois. Romain, à son sujet : « Un aussi bon poste à l'Éducation Nationale ? Elle couche avec le Rectorat ! ». Ai pensé : il est aigri, envie les coucheries des autres et aime à penser que tout le monde baise, sauf lui. Romain (à moi) : « Tu es mal entourée », mais finissant par convenir qu'elle est drôle et légère. Les adjectifs à son propos : toujours je l'ai vue être affublée de divers adjectifs, le plus souvent désagréables.

Parfois, aussi, je ne l'ai pas défendue, j'ai laissé couler, mais, à chaque fois, en aimant moins les gens qui la décriaient.

Oubli de mon anniversaire. Alors que d'habitude... On peut considérer que cet oubli d'anniversaire est, chez elle, signe de progrès, de maturité. Faire que, dans la farce, à vouloir à toute force nier qu'elle n'est plus mon amie, mettant ce doute sur le compte de ma propre folie, je me réjouisse de cet oubli, mais d'une façon non condescendante.
S'en excuse à Noël, quand elle m'appelle du ski en me parlant de sa sœur Nadine qui a une entorse et dont il n'est pas encore sûr qu'elle soit vraiment « débarrassée de son affreux ». Dire quelque part que, pour elle, l'enjeu de se débarrasser de l'affreux est d'importance et pour le bien de sa sœur (Mara en perpétuelle mission guerrière, nul doute que son boulot de petit soldat ou déléguée de classe ne se poursuive ici). Mais elle ne voyait plus guère sa sœur, pour avoir été soupçonnée (à tort) d'avoir voulu séduire le mari de celle-ci : elle va très peu en famille pour cette raison.

Elle « s'occupe » du divorce de sa sœur, « manu militari », comme elle le dira chez Nils.

Comme d'habitude, je m'exaspère de l'acharnement d'Achille sur elle. Je n'ai même pas pensé : « Elle va à des tas de fêtes sans même m'inviter, moi qui, en réalité, me suis mise en dispo pour tourbillonner. Je l'ai toujours invitée à toutes les fêtes où j'allais (c'est beaucoup plus tard, quand je pète les plombs, que j'y pense : attention, faire que la narratrice soit folle, peut-être, mais pas mesquine. Ou bien elle le devient peu à peu et en prend conscience ?).

Bien montrer qu'aimant cette fille (on aime parfois des gens abominables, on ne voit pas la poutre dans l'œil de ses amis), j'aimais aussi ce que d'aucuns considèrent à juste titre comme des énormités, des travers ridicules. Elle n'a pas peur du ridicule. Ce n'est pas un regard d'amie que je porte sur elle du creux de la folie d'où je parle et où, bien entendu, c'est moi qui trahis... Montrer que toutes ces petites choses n'ont pas d'importance, mais que je ne m'en inquiète que parce que cela alimente le « Elle ne m'aime pas, elle n'est plus mon amie, elle ne l'a jamais été », dans la perspective que sa relation avec moi ne va plus dans le sens de ses ambitions.

Fin novembre
Son mec, Clément Moineau, se présente dans mon café (je préparais un cours particulier : on fait ce que l'on sait faire...) et me dit : « Je te cherchais. Mara est jalouse de toi, elle est monstrueusement jalouse de toi, à tous points de vue. Non, mais ne t'en fais pas, elle t'adore ! Elle me fait des scènes. Quand on s'engueule et qu'elle menace que l'on se sépare, elle m'écrit ton numéro sur un papier, en me disant : Tiens, tu iras voir Marine, elle est mieux que moi ! Alors, je jette ton numéro par la fenêtre ! ».
Et, ce disant, il jubilait, l'asticot ! (plus tard, on comprendra, dans la farce, que c'est sa victoire de jaloux, d'avoir su rendre Mara jalouse). Puis : « Qu'est-ce que tu fais cet après-midi ? Tu veux venir au cinéma ? ».
Je décline, bien sûr, mais ne m'étonne même pas de sa demande, tant je suis éberluée par cette histoire de jalousie. Il répète : « Ne t'en fais pas, elle délire, c'est complètement irrationnel : elle t'adore ! ».
Moi : « Pourquoi tu viens me dire ça ? ». Lui : « J'ai pensé que ça pourrait t'éclairer ».

Puis il me laisse son numéro en me disant : « Tiens, si tu veux qu'on en reparle ». Évidemment, je ne l'ai pas rappelé.

Ensuite, que faire ?
Moi, salement contrariée, espérant bien que le garçon avait dit n'importe quoi.
Soit il dit n'importe quoi et, si j'en informe Mara, je le grille. Pas impossible que s'il me dit n'importe quoi, il lui dise à elle, sur moi, n'importe quoi aussi. Mais, me rassuré-je, elle n'en croira pas un mot, pas d'inquiétude à avoir donc de ce côté-là. En même temps, cela pourrait expliquer son silence radio. Mais non, c'est juste qu'elle est occupée.
Soit il ne dit pas n'importe quoi et alors, elle merde, mais dans ce cas, ce garçon compte pour elle. Si ce garçon compte pour elle (depuis presque trois ans qu'elle est avec lui, il serait temps !) alors, bienvenue au garçon, tout fouteur de merde qu'il soit, et haut les cœurs, c'est peut-être vraiment *son* garçon, allez savoir, elle a peut-être réussi à être amoureuse d'un autre que Balbuzard. Elle en aime enfin un autre ? Et si elle merde, c'est son plus grand droit, attendons que cela lui passe, cela ne saurait durer, elle est mon amie de toute façon, il ne saurait y avoir de problème avec elle.
Mais, l'inquiétude ne passait pas, je ne savais que faire.
Je finis par prendre le parti de m'exprimer par détours, la prochaine fois que je la verrais, pour la sonder d'abord. Quitte à passer pour allumée ou, à la rigueur, un peu parano, je lui dirais : « Tu ne me vois plus, et j'ai senti des trucs bizarres... ». Dur de tourner la chose ! Dur de tourner autour du pot, tout cela pour qu'elle parle d'elle-même. Dois-je ou non l'informer du comportement de son ami Clément ?
Je l'appelle, pour lui proposer que l'on se voie, ainsi je lui en parlerai comme incidemment. Pas de réponse. N'y tenant

plus, je rappelle et finis par tomber sur elle, lui disant : « Il faut qu'on se parle ». Elle : « J'ai pas le temps, poulette, je suis bookée, là. Je te rappelle » (possibles tirets pour la formule). J'insiste, c'est-à-dire que, vu ma discrétion habituelle, j'ai carrément l'impression de vociférer : « Il faut que je te parle, c'est important ». Je ne dis pas cela tous les jours. Pour tout dire, c'est la première fois que je suis en situation de devoir insister et de dire une chose pareille. Ce disant, impression de sortir de mes gonds, avec véhémence. Sortir de mes gonds est, pour tout dire, aussi de l'exceptionnel, je ne suis pas quelqu'un qui insiste pour parler aux gens ou les voir. En clair, sortir du bon goût et des bonnes manières pour entrer dans les conflits propres aux gens, c'est dire des choses qu'on ne devrait se dire qu'à soi-même ou, si l'on préfère, ne pas dire. Elle : « Je te rappelle ». Ensuite, pas de nouvelles.

Presque deux mois passent, toujours pas de nouvelles.

Fête de Noël, chez Achille
(où, exceptionnellement, elle ne vient pas, elle est aux sports d'hiver, d'où elle m'appelle, sa sœur s'est fracturé la cheville) : je tombe sur une nouvelle amie à elle, qu'elle a connue l'an dernier à la danse, et que je n'avais jamais vue, Anna, charmante et drôle au demeurant. Pour une fois qu'elle se fait une amie plus que supportable, enfin une amie à elle qui ne me déplaît pas ! Celle dont elle m'avait dit : « J'ai rencontré un fille, elle n'est pas comme nous. Elle ne fait pas d'études, elle veut être actrice. Ses parents ont un Picasso chez eux ».
Situation un peu gênante dans la mesure où cette Anna me parle des projets de Mara auxquels elle participe, mais en s'exprimant sous l'angle du détail (son rôle dans un film des

Nantais, dont j'apprends à cette occasion le projet), supposant connu de moi l'ensemble. Gêne, j'étais censée être au courant.

Pot avec Emma et Loriot. Loriot, après, fera remarquer que Mara fait pitié par la façon dont elle vérifie, quand elle arrive quelque part, si on la regarde, si les gens ont remarqué son nouveau manteau, etc. (Toujours, j'en entends sur elle des vertes et des pas mûres : quête d'originalité à tous crins, etc.). Elle nous annonce qu'elle vient de voir une exposition à Beaubourg, l'artiste s'appelle Sophie Calle (elle vient tout juste de la découvrir, elle ne la sait pas connue – de nous, entre autres). Emma en parle spontanément, on commente ce qui, bizarrement, ne figure pas dans l'expo. Je crois remarquer que Mara a un moment bref de vexation. Petit pincement de la bouche si caractéristique. J'en rajoute une couche en lui disant : « Mais tu l'as croisée chez Gerbert cet été ! ». Elle, estomaquée, puis : « Tu m'emmèneras la prochaine fois ? ». Moi : « Il faudrait déjà que, toi et moi, on se voie ». Puis j'ajoute, dans un souffle : « Tu m'abandonnes... ». Elle : « Je n'abandonne personne, moi ». Et aussitôt elle parle d'autre chose, la question est réglée. Ensuite, on ira ensemble (avec cet Allemand que je trimballe) dîner au Chartier, qui deviendra une de ses adresses. (Dans la farce, travailler le choix des temps verbaux : dire au passé la façon dont elle annonce sa découverte de Sophie Calle, puis, « Emma dit que... », et Mara se sera alors vexée et, par inattention ou peut-être perversité, j'en aurai rajouté en lui disant « Mais tu as déjà vu Sophie Calle ! »).

Sur le « Tu m'emmèneras la prochaine fois » : question superflue parce que je lui propose toujours, et par définition, de l'emmener, quand je vais dans une fête. Preuve de notre éloignement : pour elle, cela ne va déjà plus de soi.

On discute pendant le repas au Chartier, ça se passe normalement, très bien même. Je lui dis que j'ai envoyé un mail à Wilhelm.

Elle glisse des phrases sur moi, en ma présence : « Ah, ah, Marine est plus sociable qu'elle ne le croit. Marine mange beaucoup, elle mange toujours gras » (*vrai*). Marine est en disponibilité, elle est disponible : elle a un an pour se trouver un mec (*sic*). Marine part toujours la dernière dans les fêtes » (faux, je l'attends pour que l'on prenne un taxi ensemble. Je n'ai pas sa pêche d'enfer). « Marine », ajoute-t-elle, « habite dans le Marais, ce n'est pas n'importe où, le Marais ».

Séances de cinéma :
1 fois, après rencontre dans la rue avec Arielle (octobre).
1 fois (quand ?) avec Anna : on se retrouve dans la salle.
1 fois avec Moineau et le jeune L., en février. Lorsque L. s'en va, c'est Moineau, et pas elle, qui me demande des nouvelles de l'agrégation que je suis censée préparer.
1 fois avec Moineau (après s'être retrouvées toutes les deux au café ?)
- 1 lapin posé à la Cinémathèque (elle annule quand j'ai déjà fait la queue en vain une demi-heure ; elle devait arriver la première).
- 1 annulation de dernière minute.
- 1 lapin sans donner d'excuses aux Halles (elle aura oublié ou, pire, pas pris le temps d'appeler). J'ai pensé : « Pourquoi me propose-t-elle d'aller au cinéma, si c'est pour ne pas venir ? »
- 1 café travail-ciné-discussion (*La jeune fille à la perle*), en mai.

Me mettre à compter : liste des merdes dans la relation, liste des séances de cinéma annulées.

La manière d'aller au cinéma : désormais, on ne discute plus du film à aller voir, elle passe un coup de fil ou envoie un texto pour annoncer qu'elle sera à telle séance à tel endroit ; donne rendez-vous après la pub dans la salle (être assises côte à côte sans se parler), après, elle file, ai le droit de la raccompagner jusqu'à sa porte et ainsi de la voir un peu, pour peu qu'elle ne soit pas pendue au bout du fil (est-ce que ça se dit ?), je veux dire, au téléphone avec quelqu'un d'autre, sachant que moi, j'ai de mon côté renoncé à la joindre, vu l'impossibilité : c'est elle qui joint quand elle veut, pour fixer un rendez-vous déterminé, où l'on vient ou pas. Moi, je ne peux pas la joindre. Quand elle me voit, elle est au téléphone, etc. Ce n'est pas, je crois, ce que l'on appelle aller au cinéma, je veux dire, aller *ensemble* au cinéma, ce qui suppose de se parler un peu avant, dans la file d'attente au minimum, et ensuite, au minimum, de parler de ce fichu film.

Janvier (suite) : elle est réapparue.

Mara au Café des Halles, avec Anna. À cette période, je commence à aller mal. On discute un peu, on travaille, pas assez, Mara essaye de discipliner sa copine Anna pour qu'elle se taise, nous on bosse ; Anna, elle, lit des revues. Avant ça, Mara m'avait raconté avec effarement, d'Anna, les mésaventures masculines extraordinaires.

Café Beaubourg, où l'on ne se dit pas un mot. Moi, je ne parviens pas à respirer. Comme on ne parle pas, elle ne s'en rend pas compte, elle parle un peu d'elle, on est studieuses,

c'est-à-dire que j'essaye en vain de penser à autre chose qu'à l'absence de réponse de Wilhelm, trois semaines déjà depuis que je lui ai envoyé ce mail. Je me dis, c'est incroyable comme on ne remarque jamais rien sur moi, comme je ne trahis rien, je me dis, elle n'a pas l'air de se rendre compte que je n'arrive plus à respirer, c'est dingue. Évidemment, je n'en parle pas. Elle téléphone à plein de monde, les parents sont à Paris, il y a dîner avec eux ce soir, « Je ne t'invite pas parce que tu as autre chose à faire » (je n'avais rien à faire) « et puis il y a Anna et Moineau de prévus ».
Mais, moi, déjà, je n'arrive plus à l'écouter. Ce qui me convient, vu que je suis bien incapable de respirer. Je la lâche au Châtelet et essaye de marcher et de respirer : tout sauf rentrer étouffer chez moi.

Effondrement
À ce moment là, l'histoire avec Mara est le cadet de mes soucis. Dans mon texte, m'accuser moi-même, pour l'excuser, d'avoir été dans un état tel que je n'avais plus de moyens de défense et que je me suis laissé nuire, je l'ai laissée me nuire, c'est donc de ma faute.

Février-mars : on va au ciné voir le Rohmer avec Moineau et le neveu de D. L. Ensuite, café : suis mal à l'aise face à son mec. On se parle parce qu'on n'a pas le choix. Elle, elle est en intense conversation, à la même table et exclusivement, avec ce jeune homme, un de ses élèves, saurai-je ensuite, elle brille de tous ses feux, je me réjouis qu'elle soit autant en forme, elle oublie que nous sommes là, elle prend du volume, je me dis, elle a retrouvé la forme, elle sort le grand jeu ; un instant, elle se rappelle que je suis là, elle me présente : « Marine. Marine, elle est prof de philo », puis elle oublie à nouveau notre présence, le type à l'air bien et sympathique, mais il ne peut pas en placer une, elle nous oublie, c'est gênant car je suis contrainte à l'aparté avec Moineau et je ne sais toujours pas si, oui ou non, il y a chez elle un sentiment de jalousie, bref c'est gênant mais, en matière de jalousie, elle n'a pas l'air préoccupée. L'élève s'en va, elle me dit : « Il est bien, hein ? C'est le neveu de D. L. », mais je ne sais pas qui est D. L. Je saurai, plus tard, que D. L., c'est le directeur de la Cinémathèque (bonne pioche parmi ses élèves !).

Ensuite, sans le garçon, on discute sur le chemin des Halles à Beaubourg. « Alors t'es sortie avec combien de mecs à Berlin ? » Je n'ai pas répondu. Je me suis dit, elle plaisante. Une plaisanterie, en l'occurrence très désagréable. J'en étais à rééduquer ma marche et ma respiration mais pas encore ma parole, et elle rajoute : « Marine est en disponibilité, elle est disponible ! Elle a un an pour se trouver un mec ! ». Et j'étais trop sonnée pour réagir et me défendre ; face à cet accès de plaisanteries douteuses, j'ai juste pensé : elle ne se rend compte de rien, tant mieux, il y en a au moins une qui ne se fait pas de souci pour moi. Il faudrait qu'elle comprenne que les plaisanteries vaseuses, ce n'est pas le moment...

Faire une phrase sur l'apparente imperméabilité dans l'amitié.

Pas une question sur Wilhelm, alors qu'elle sait bien que...

Après, j'évoque Raphaël, ami qui tournait autour de la déclaration, j'étais trop à côté de mes pompes pour voir venir. Mais, à propos des garçons à Berlin, je me suis dit : « Il y a quand même quelque chose de bizarre », j'y vais avec Grischa et l'ami Raphaël et, juste avant de partir, je me suis fait un coup de flip à cause d'un texto de Raphaël : « Si possible ne dis pas trop à Mara que nous nous retrouvons à

Berlin », et là je me suis posé la question carrément – c'est dire si je suis angoissée jusqu'au délire – de savoir si Camille, l'amie de Raphaël, savait que j'allais le retrouver à Berlin. Mara : « Ah ! Ah ! Les mecs ! Encore les mecs, toujours les mecs ! Ils sont fidèles, les mecs, ils sont entiers ! Toujours les mecs, bien sûr ! », finit-elle, tranchante. (Remanier et montrer qu'elle dit ça à Moineau, d'un air entendu). Et là encore, c'est gênant, cela me met en cause, de plus, à mots couverts... et accrédite l'idée selon laquelle il y a bien un problème entre elle et Moineau. Faire le récit au passé : pétage de plombs comme étant interprété désagréablement plus tard mais, sur le moment, suis hagarde à force de dépression, et aussi déboussolée par les plaisanteries douteuses, pas en état de me défendre et de relever. Je me contente de me dire là-dessus : je les quitte.

Au retour de Berlin. DIALOGUE INAUGURAL

Je vois arriver les trois mecs, Balbuzard, Grimpereau et un inconnu. Je finis de téléphoner (à Mara, justement), et j'ai RV avec Raphaël dans ce café.

Marine : Tiens, vous vous connaissez ?

Balbuzard : On dit « Bonjour ! » d'abord.

M : Bonjour.

Grimpereau : On se connaît ?

M : On s'est vus plusieurs fois, on s'est vus chez Gerbert, et au Salon du Livre, au moins là.

Grimpereau : Je ne m'en souviens pas.

Balbuzard : Tu connais les éditions *Des mêmes*. Alors, tu as lu son livre ?

M : Oui, bien sûr.

Balbuzard : Alors, on commence par dire « Bonjour », puis on dit « J'ai lu et apprécié ton livre », bref, les félicitations d'usage...

M : Oui, j'ai aimé, mais il en a peut-être assez qu'on lui en parle. Et toi, tu déménages aux éditions *Des mêmes* ?

Balbuzard : Non, tu sais, on est bien aussi chez *Convergences*.

Grimpereau : Tu travailles dans l'édition ?

M : Non. (*J'ajoute*) Pas du tout.

Grimpereau : Vous vous connaissez comment, avec Gerbert ?

M : Euh, je l'ai rencontré en faisant du stop. Je travaillais en Normandie et il y avait de grandes grèves SNCF, et je me serais damnée plutôt que de rester croupir un week-end là-bas. Bref, il m'a prise en stop, c'était il y a longtemps.

Grimpereau : En stop... Alors, vous vous êtes embrassés dans la voiture...

M : Mais non ! On a parlé de Manchette et de Spinoza, et il

a voulu me faire rencontrer son amie Michèle F., de Normandie. On a sympathisé, et comme nous sommes voisins de quartier, depuis, on se voit. Voilà, nous sommes devenus amis (à écourter : faire plus court que dans la dialogue réel).

Grimpereau : Alors comme ça, vous ne vous êtes pas embrassés. Pas terrible, comme histoire.

M : ...

Balbuzard : Au fait, tu as lu le roman de Mara ?

M : ... ?

Balbuzard : Tu l'as trouvé comment ? Moi, je n'ai pas encore lu la deuxième version (je m'effondre, soudain mes jambes ne me portent plus, je me rattrape à la chaise et m'assieds, on ne m'avait rien dit). Tu l'as lue, la deuxième version ? Qu'en penses-tu ?

M : Ne me parle pas de Mara. Pardon, mais... euh, il fallait que je m'asseye. (Je me justifie faussement) : Je n'ai pas mangé aujourd'hui, je suis fauchée.

L'inconnu : Aïe, aïe, aïe !

M : Ne me parlez pas de Mara, c'est la trahison amicale de l'année, enfin, peut-être, je veux dire, c'est peut-être la trahison amicale de ma vie.

Balbuzard : ...!!!

M : Tout le monde écrit !

Grimpereau : Qu'est-ce qui s'est passé ?
(*ou bien Balbuzard* : Qu'est-ce qui se passe ?)

M : On ne se voit plus ou presque, et surtout, le mec de Mara a débarqué dans mon café pour me dire « Elle est jalouse ». Rien, finalement, ou pas grand-chose. Elle a d'abord cessé de me voir, c'est-à-dire que je ne parvenais plus à la joindre ou à la voir, et trois mois plus tard, son mec a débarqué dans mon café en me disant « Je te cherchais, Mara est monstrueusement jalouse de toi, à tous points de vue, c'est complètement irrationnel, à mon égard en particulier. Quand elle me fait une scène ou menace de me quitter, elle me tend ton numéro et me dit "Tiens, tu iras voir Marine, puisqu'elle est mieux que moi", alors, je jette ton numéro par la fenêtre et ainsi de suite, ça recommence ». Et voyant ma mine déconfite, il précise « Mais elle t'adore, ne t'en fais pas, ça ne change rien au fait qu'elle t'adore » et comme je suis interloquée et lui demande pourquoi il vient me dire ça, il me répond : « Parce que c'est éclairant, tu vas voir ça va éclairer bien des choses ». (*Placer ce passage ici, plutôt qu'avant ?*)

Balbuzard : C'est quoi ce type? Tout ceci ne me concerne pas, mais c'est quoi, ce connard, si je peux me permettre ? Tu le connais bien ? (*Ou bien réserver « connard » pour la suite, dans un crescendo ?*)

M : Oui, enfin non, je ne le connais pas tant que ça, je ne le voyais qu'avec elle, je veux dire, je ne le connaissais pas avant.

Balbuzard : « Il est fou ? Il y a *au moins un* fou dans l'histoire » (*dit-il en faisant le malin et clignant à l'adresse des deux autres*).

Grimpereau : Qu'est-ce qu'il fait dans la vie ?

M : *Trader*, ou quelque chose comme ça. Il travaille dans la finance.

(*Silence d'approbation. Silence de satisfaction et d'évidence. Jouissance de l'évidence : c'est un connard. Les trois prennent un air satisfait et entendu, comme s'il y avait là confirmation que c'est un connard*).

Grimpereau : Il t'a draguée ?

M : Non, enfin je ne crois pas. Dans le café en bas de chez moi ! Il fallait vouloir venir m'y trouver !

Grimpereau : Tu as couché avec lui ? Il te plaît ?

M : Mais non ! (*je fais, en haussant les épaules*).

Grimpereau : Il te plaît ou pas ? Tu n'as pas couché avec lui ?

M : Mais non, je ne sais même pas s'il me plairait. Je ne couche pas avec les mecs de mes copines.

Grimpereau : Ton corps n'est pas sale ! Ton corps n'est pas sale ! Et puis, c'est le genre de chose qui arrivent...

Balbuzard (*faux-cul*) : Tu crois ce qu'il a dit ? Tu en as parlé à Mara ? (*Puis, à l'adresse des deux autres*) Je connais mal cette Mara, c'est quelqu'un que je ne vois qu'avec d'autres, mais (*à mon adresse*) a priori, ce n'est pas le genre de fille à être jalouse de ses copines.

M : Ce n'est pas du tout son genre, pas du tout : je n'y comprends rien. Je la connais, on se connaît depuis l'âge de dix ans, on se voyait souvent, c'est une meilleure amie ex-æquo ! C'est bien pour ça que je n'y comprends rien ! On ne se voit plus, elle ne me parle plus, je n'y comprends rien ! (*écourter la partie de dialogue réel. Montrer que Marine ne parvient pas à se rendre intelligible parce qu'elle renonce, ou se censure, montrer qu'elle s'interrompt une fois encore dans le dialogue réel et poursuit en monologue intérieur*).

Balbuzard : Tu ne lui en as pas parlé ? Il faut lui en parler, ça s'impose.

M : C'est la première chose que j'ai voulu faire, évidemment, mais je me suis dit que ça allait le griller, ce mec et, bref, qu'après ça, elle allait le lourder...

Balbuzard : Bien sûr qu'elle va le lourder, ce connard, il y a intérêt à ce qu'elle le lourde ! Enfin (*à l'adresse des deux autres*) tout ceci ne me concerne en rien, mais naturellement, un mec qui fout la merde avec la meilleure amie, ou presque (*cette réticence m'égratigne*), et qui dit n'importe quoi, on le lourde, non ? C'est la moindre des choses.

M : Je me suis dit, soit le garçon invente, et alors je risque de le griller, et ça me gêne d'avoir ce rôle et, en plus, je l'aime bien, soit il n'invente pas et alors c'est un mec qui compte pour elle, et si c'est un mec qui compte pour elle, je ne veux pas foutre la merde, peut-être que finalement il compte vraiment pour elle. Quelle conne, je suis conne, tu es bien la dernière personne à qui raconter ça.

Balbuzard : C'est vrai que tout ceci ne me regarde en rien, c'est une fille que je connais superficiellement et que je croise de temps en temps...

M : (*Mettre ce qui suit en monologue off, enchaîner en direct avec le passage sur « les signes »*). Alors, je me suis dit que j'allais tâter le terrain, et quitte à passer pour une allumée, demander incidemment à Mara si elle avait un problème avec moi, et pourquoi, du jour au lendemain, elle avait cessé de me voir, bref, lui dire que j'avais senti quelque chose de bizarre. Mais pas moyen de la voir incidemment, alors je lui ai dit au téléphone « Il faut que je te parle », que c'était important. J'ai insisté, mais elle n'avait pas le temps, elle m'a dit « Je te rappellerai », et puis, plus rien. Et là, j'ai pensé, même si ce n'est pas son genre, j'ai pensé : de peur que je lui en parle la première, son mec lui aura tout dit de lui-même, et elle est gênée, elle se cache un moment, elle attend que ça passe, il n'y a rien de grave, j'ai pensé, il ne peut y avoir rien de grave avec elle, ça va lui passer, attendons que ça passe et n'y pensons plus, il ne peut pas y avoir, je ne peux pas croire qu'il puisse y avoir un problème avec elle : dans tous les cas, elle est mon amie, et elle reste mon amie. Pourtant, il y avait des signes, avant, il y avait des signes !

Balbuzard : Des signes !!! (*il fait, en levant les yeux au ciel*).

Grimpereau : Quels signes ?

M : Eh bien, à Pâques, l'an dernier, on rentrait de Moscou, j'étais invitée à dîner chez une connaissance commune, elle m'a dit que ça la contrariait que j'aille à ce dîner, elle ne disait pas pourquoi, mais... (*suit le monologue rétrospectif déjà noté* : « ça la contrariait vraiment, disait-elle, alors... » etc.) Enfin, c'est un détail, pourquoi je raconte ça ?

Balbuzard : Oui, c'est un détail. Tu es prof où, cette année ?

M : Nulle part, je suis en disponibilité.

Balbuzard : Ah, bon ? Comment ça se passe ? Qu'est-ce que tu fais ?

M : ...

Balbuzard : ...???

M : Ça se passe... Je m'occupe, quoi !

Balbuzard : Alors, il y a un problème. Quand tu travailles loin, c'est un problème, et quand tu ne travailles pas... Alors, il y a un problème... Il faudrait te mettre à la poterie !

L'inconnu : Ou au macramé...

M : Macramé... l'amitié « m'a cramée »... Ah ! Ah !

Grimpereau : Tu y as été, à ce dîner ?

M : Non, puisque ça la contrariait. Et puis ça m'était un peu égal, et tant pis pour la politesse. Mais il y a eu plein d'autres détails bizarres, il n'y a eu que ça, même. À la rentrée, on dînait avec les Vendéens, on était au complet, et elle s'est mise à raconter la course devant les CRS à l'Opéra à la fin d'une manif de profs, les fumigènes et le journaliste dans le coma, et puis la nuit passée devant le poste pour faire libérer les profs qui avaient pris l'Opéra, etc. Et elle racontait tout ça de façon épique et drôle, mais elle disait « je », « j'y étais », alors que j'étais là moi aussi avec elle à l'Opéra, je courais avec elle devant les CRS, et j'étais assise à la même table pour le dîner, mais elle disait « je », comme si elle avait été seule. (*À Balbuzard)* Tu y étais aussi, toi, à l'Opéra ?

Balbuzard : Non, j'étais à la Concorde, ça m'a suffi.
(*ou* : Non, je me suis contenté de la Concorde).

Grimpereau : Pas terrible, comme histoire.

L'inconnu : C'est long, c'est mal raconté.

M : C'est la réalité, pas de la fiction.

Grimpereau : Souvent, la réalité dépasse la fiction.

Balbuzard : N'importe quelle scène, n'importe quelle histoire, tiens, prend cette présente scène par exemple, tout est dans la manière de raconter le sujet...

Grimpereau (*à Marine*): Tu es de la chair à roman ?

(*Insérer ici le monologue off de Marine.*)

Balbuzard : Au fait, ton mec a bien publié quelque chose, un roman, m'a dit Mara...

M : ...

Balbuzard : Même pas un petit truc à compte d'auteur ?

M : Un roman ? (*je cherche*) Mon mec, Romain ? Un roman ? Euh, non... non, je ne crois pas. Non, lui, il fait de la musique contemporaine ! Tout de même, si mon mec avait publié un roman, je serais au courant, non ? Tu dois confondre, tu dois confondre avec un autre. Et puis, on n'est plus ensemble. Mara ne te l'a pas dit ? Elle ne te dit rien, Mara ! Au fait, ton roman sur l'amitié, il est sorti ?

Balbuzard : ...

Grimpereau : C'est maintenant que tu dois faire du stop ! Pour revenir à ton amie, il y a de grandes amitiés sur fond de jalousie. C'est compatible, c'est un classique, même.

M : Macramé, l'amitié « m'a cramée »... (*Je fais un jeu de mots, nul, pour faire rire, et personne ne s'en rend compte.*) Jalousie ou pas, pfff !... On ne se voit plus ou presque, on ne se parle plus ! On se voyait tout le temps, on corrigeait nos copies ensemble. On est profs, on est profs jusqu'à la moelle ! (*je fais, à l'adresse du beau Grimpereau*).

L'inconnu : Les amis sont génétiquement programmés pour vous trahir.

M : Ah ? Il t'est arrivé quelque chose comme ça ?

L'inconnu : Non, c'était juste un aphorisme, comme ça.

Balbuzard (*sur un ton pédagogue, corrige*) : Une a-phorisme. Et il ne raconte pas sa vie, lui.

M : Je suis stupide ! Je déboule, je déballe ma vie...

Balbuzard : Personne ne te l'a demandé.

M : Je suis conne, tu es bien la dernière personne à qui je puisse parler de ça. Je suis conne, je m'en vais.

Balbuzard : Conne, peut-être pas...

Grimpereau : Tu n'es pas conne ! Tu n'es pas conne !

Balbuzard : Comme je disais, tout ceci ne me regarde pas, on parle de quelqu'un que je connais à peine.

M : La dernière chose à faire ! La dernière personne à qui raconter ça !!!

(*Balbuzard se tortille péniblement sur sa chaise, les deux autres s'éloignent soudain pour aller, l'un téléphoner ou feindre de, l'autre aux toilettes, ou feindre de. Montrer ou laisser entendre que c'est mon insistance qui achève de les mettre mal à l'aise et les fait partir*).

Balbuzard : Qu'est-ce qui t'arrive ? Tu n'es pas comme ça d'habitude, qu'est-ce qui t'arrive ? (*Il me parle doucement, me regarde la pupille et la mâchoire*).

M : ...

Balbuzard : On s'est réunis pour parler tous les trois, on a des choses à se dire, on a besoin d'être seuls pour travailler, il faut que tu t'en ailles.

M : Je suis conne, je m'en vais, je gêne, qu'est-ce qui m'a pris !

Balbuzard : Mais qu'est-ce que tu as ? Je ne t'ai jamais vue comme ça. Il y a autre chose, il n'y a pas que cette histoire avec Mara, il y a bien autre chose, non ? Dis-moi qu'il y a autre chose.

M : J'y vais, je m'en vais. Non, enfin, si, il y a autre chose : je ne maîtrise plus.

ÉLÉMENTS OU CONSIGNES

CAHIER VERT 1

Variante possible sur la scène du pétage de plombs en compagnie des trois mecs : Stern (qui ne veut pas admettre que je suis dans un état second colérique, – et il y a de quoi, avec Mara ! –) tombe sur Balbuzard et commence maladroitement à lui parler de ce qui m'affecte, puis raconte le dialogue : je me rends compte qu'il faut reculer, censure à mort, Balbuzard n'est pas à l'aise et ne me met pas à l'aise du tout, je perds contenance, m'enlise et pars : ce serait une autre vue possible sur cette scène. Faire jouer, dans le dialogue lui-même, sous forme interrogative, ces deux manières de considérer la scène, ou bien placer cela après, quand je m'étonne que mon accès de folie (cf. Mara, qui dira plus tard « Dommage que tu n'aies pas vraiment pété les plombs ») n'alarme personne et pour tout dire passe comme une lettre à la poste. Mais Gerbert m'appelle gentiment : « J'ai entendu parler de vous hier soir, à table (par Grimpereau). Vous allez bien ? » Délicatesse de Gerbert, qui, pour tout dire, a l'habitude des fous, c'est-à-dire au moins de ses auteurs, car, bien sûr, les auteurs n'ont pas l'apanage de la folie : les futurs auteurs, ou aspirants, ou auteurs potentiels aussi. En témoigne ce stagiaire que l'on vient d'empêcher de se pendre dans les sous-sols des éditions *Des mêmes*.

Ma psy, Léonie Lefort, me dira qu'elle est très contente de moi et que, cette fois, mes productions ne sont pas dépressives. Voilà donc de quoi contenter ma psychanalyste.
Relier cela au fait que, dans la dialogue off avec Balbuzard, je ne me suis jamais sentie autant en forme.
Et même, pêche infernale, une pêche insensée, je ne me suis jamais sentie aussi vivante.
Reprendre cette idée, sur la fin de la farce : « C'est une drôle de dépression, lapsus, une drôle d'expression que celle-ci : 'aller mieux' ».
Léonie Lefort terminera la séance en disant, comme écrit autrefois sur les murs de l'Hôpital Sainte-Anne : « N'est pas fou qui veut ».

Dialogue avec les trois mecs. Toutes les figures du traître sont réunies là : Mara, dans les délires de Marine, mais surtout Balbuzard comme représentant de mon amie et lui-même traître à mon amie et, surtout, moi-même qui la trahis à l'instant même dans cet afflux de pensées paniquées : ma trahison à moi, c'est penser et dire qu'elle me trahit. Utiliser aussi la figure de l'auxiliaire à côté de ses pompes, représentée à la fois par la psy Léonie Lefort et par Gerbert qui a déjà sauvé sa traductrice Justine, Gerbert, sauveur de fille(s).

Insérer dialogue off à l'intérieur du dialogue réel, quand Grimpereau dit : « Souvent la réalité dépasse la fiction ». Moi : « Tu n'imagines pas à quel point... ». Salon du Livre, fantasme de rencontre de hasard, Raphaël, etc. : à placer là.

Insérer des lapsus :
- « C'est clair comme de l'eau de rose » (placer dans une description de la coquetterie de Mara).
- Mon lapsus de lecture : « bienvenue avenue des Victimes », pour « Vincennes avenue des Minimes ».
- Le lapsus pas fait : « Je ne maîtrise plus » (parenthèse : penser à dire à ma psy que, pour la première fois, je n'ai pas fait mon lapsus habituel : « Je ne méprise plus »). Plus loin, se demander, toujours dans une parenthèse, si c'est vraiment ce que je voulais dire, peut-être que j'ai fait un double lapsus, un lapsus au carré, c'est-à-dire un lapsus à la fois de pensée et de langage : au lieu de penser « Je ne maîtrise plus », j'ai pensé (lapsus 1) « Je ne méprise plus », et au lieu de dire « Je ne méprise plus », j'ai dit « Je ne maîtrise plus », car il serait étonnant que tout à coup je parvienne à ne pas dire l'un pour l'autre. Total, j'ai vraiment dit et pensé à la fois « Je ne maîtrise plus » et « Je ne méprise plus ». Tant pis ! Et que vive la psychanalyse !

FOLIE-ÉCRITURE

Faire un développement sur la transe, transe et folie, transe de l'écrivain : folie descriptive, qui transcrit, transpose, ou pire, plus grave (plus fou, ou moins ?), invente. Dépression ne fait guère entrer en transe. Transe dépressive ? Moi, en dépression, je ne connais pas la transe, ni celle de l'écriture, ni une autre. Je me maîtrise, moi ! etc. Se demander si, pendant cette dépression, j'ai connu une transe. Convenir que non.

Dans dialogue avec Balbuzard ou dans monologue off : lui reprocher, pour raisons éthiques, de n'avoir pas inventé ce qu'il dit dans son roman, d'avoir écrit sa véritable histoire avec mon amie. Violent. C'est cette violence qui aura rendu Mara folle (ou bien réserver l'évidence de sa folie pour la fin ?). C'est là que tout a commencé (son éloignement de moi). Concéder à Balbuzard, comme aime à répéter Stern, qu'on ne choisit pas son matériau. Moi, alors, accusatrice envers Balbuzard : « On transpose, c'est la moindre des choses ! ». Puis, plus loin, concéder que peut-être, il n'a pas eu le choix, folie oblige, survie oblige, etc. Folies à effet domino. Sa folie est la source de l'enchaînement successif de la folie de mon amie, de celle de son mec, puis de la mienne. Je tiens là la source de cette série de folies. Convenons toutefois plus loin que, folle, Mara l'était déjà. En clair, jusqu'à cette minute, il n'y a guère que moi qui n'étais pas folle...

Un fou en cache un autre. Faire jouer le sens de cette phrase dans le contexte. La source de ces trois fous : la folie de Balbuzard qui flippe à l'idée d'être démasqué.
Reprendre l'idée que les folies familiales, chez moi, c'était l'arbre qui cachait la forêt : la folie est la chose du monde la mieux partagée (et non pas le bon sens : renverser, détourner le lieu commun). Le leitmotiv « Tout le monde écrit » : à faire varier, à relier à « Tout le monde est fou ».
Reprendre encore l'idée : une folie cache l'autre (dans

l'autodiagnostic et le diagnostic de Mara), une folie couve sous une autre... Les folies dont il faut se méfier sont celles qui ne se voient pas. Car celles-là, quand elles explosent, il y a de la casse ; et, en fin de comptes, c'est bon, la casse, se sentir exister, aller au baston. Finir par convenir que c'est la vie qui couve sous toutes les folies ?
Question : savoir quel fou cache quel autre.

Titres possibles : *Un fou cache l'autre.*
Ou : *N'est pas fou qui veut.*

Dialogue réel : on pourrait le transformer, le grossir, compliquer les choses. L'un des trois garçons (pensées supposées de l'inconnu, ou bien de Grimpereau) chercherait à se rendre intelligible, délire de la fille sous ses yeux, et ferait lui-même des hypothèses encore plus délirantes.
Ou se contenter de remarquer brièvement que, visiblement, Grimpereau délire pas mal non plus (dans le dialogue réel).
À ajouter au crédit de l'idée que les écrivains n'ont pas l'air franchement sains d'esprit.

En repartant sur le chemin de l'Opéra, dans le monologue intérieur, caser l'histoire de Picaza, l'ami de Gerbert : la présentation qu'il donne de lui-même (« Je suis parmi des gens qui [...] tous les gens que je connais... ») et sa question à mon adresse, après que, autant que possible, je lui ai raconté ma vie trop sage, il m'a demandé avec inquiétude et peut-être une pointe de pitié « Mais tu fais des choses folles quand même ? » Je me suis interrogée sur ce que pouvaient bien être ces choses folles qu'il est si bien vu de faire. Joies réservées aux insensés ? Je lui réponds : « Choses folles, choses faites ». Insérer, là où ailleurs, à propos de ma disgrâce auprès de Mara, l'hypothèse selon laquelle elle ne

m'aime plus parce que j'ai osé embrasser Picaza, qui s'est avéré ensuite être déjà avec une fille.
Travailler la progression du grotesque.

Raphaël
Voilà un bel être vital.

Le désigner ainsi, plus loin, bien après le dialogue réel, quand j'en serai arrivée à cette conclusion que les gens qu'on aime sont des êtres vitaux.
Faire un résumé du livre de Raphaël (celui du jeune moine).
Placer Raphaël du côté des Heideggeriens ?
Dans son livre, il dit, coïncidence, mais je suis tentée de croire qu'il n'y a pas de hasard, le parallèle est trop évident : Camille, Église, CNRS, vraie vie, fille des rues, cinéma, enfant 1, et enfant 2 avec Marine, avec qui il élèvera l'enfant 1.
Nombreux sont les hommes qui ont voulu un enfant avec moi, alors que cela fait partie de mes interdits. Faire un parallèle entre Raphaël et Wilhelm. Moi, à Raphaël : « Ton existence me pose un problème, tu es la personne que je n'aurais jamais dû rencontrer ». Mais pour Raphaël, je suis la personne qu'il devait rencontrer, et cette histoire d'enfant...

Dialogue froid avec Raphaël, où je ne cède pas à ses assauts. Quand il est venu chez moi, plus tard, il a dit : « Je croyais que tu ne me résisterais pas ». Dialogue maîtrisé avec Raphaël, car quand il s'agit de s'empêcher, là, je maîtrise ! Surtout quand c'est pour la bonne cause ! Ici, Camille et l'enfant. Cela n'empêche pas que je reparte dans tous mes états.

Placer là les deux autres bouquins de Raphaël : « Je me suis rendu compte – me dira-t-il plus tard – que j'utilise la figure de mon grand-père pour séduire les filles ». À moi, bien avant de se déclarer, il a donné à lire le livre écrit par son père sur le personnage héroïque de son grand-père, qui était non seulement un héros, mais un homme d'une terrible beauté, et qui lui ressemble, mais en plus beau encore.
Une troisième fois, Raphaël essaiera de me faire « le coup du manuscrit », comme je lui dirai, le « manuscrit prétexte », dit-il, pour me revoir, avec cette fois un livre de sa propre plume sur son grand-père, son père et lui-même, mais ça ne marchera plus, le coup du manuscrit, je suis aguerrie.

Tout le monde écrit,
sauf moi,
moi, je maîtrise,
tous écrivent pour se soigner, dernière obscénité à la mode,
(*faire un développement sur écriture et thérapie*)
même ceux qui en ont le moins besoin se forgent de toutes pièces des maladies variées et, tant que faire se peut, originales,
car une folie doit être originale
pour avoir quelque chose à écrire,
pour pouvoir dire...
C'est une nécessité vitale, écrire ! L'écriture ou la mort, bla bla bla...
Je vous en donnerai, moi, de la nécessité vitale !
Et mon amie Mara, elle aussi parce qu'il lui faut écrire, aura dû à toute force se rendre folle,
j'entends, plus folle qu'elle n'était, ou autrement folle,
ou vraiment folle, car elle est sincère, toujours, en ce qu'elle fait, et entière,

il faut bien qu'elle le soit, folle, puisqu'elle ne me voit plus ni ne me parle, et même
peut-être qu'elle ne m'aime plus,
il faut bien qu'elle soit folle
devenue, car elle devient beaucoup...
Tous feignent la folie pour se justifier d'écrire, mais elle, elle le sera vraiment devenue, folle, car elle est sérieuse en tout ce qu'elle fait,
sérieuse et appliquée,
a mis une application scolaire à devenir folle,
elle aura dû s'appliquer à devenir assez folle pour produire son livre *Sur le câble*, au lieu de feindre comme tant d'autres (s'ils feignent, car il ne va pas de soi qu'ils feignent, peut-être sont-ils vraiment fous...), à devoir l'être, ils le deviennent vraiment, on ne s'imagine pas la force du « tu dois » / « tu ne dois pas devenir folle », et moi, je ne le suis pas devenue, il faut le faire, en enseignant dans les banlieues... !
« Alors, on enseigne ? » « Enseignant ». Je déteste ce mot. Toujours, j'entends « en saignant ».

Mara aime ce qui brille, poursuit ce qui brille,
les rouges à lèvres nacrés, les bijoux, autrefois,
les rockers et même les footballeurs,
et maintenant, car (dit à l'intention de Balbuzard) tu lui as montré la voie, les écrivains et les critiques de cinéma et les cinéastes et les gauchistes.
On allait enfin avoir de quoi parler toutes les deux,
et c'est là qu'elle disparaît.

Placer sur la fin le bijou acheté pour son anniversaire, ne le lui ai pas donné, pas de sens de donner quelque chose à quelqu'un qui vous oublie et vous nie, pas de sens ce bijou, il lui aurait plu il y a un an, mais plus maintenant, car elle est devenue autre, et désormais, ses vêtements sont chouettes, et non plus de pacotille, recherche de l'originalité à tout prix, mais à petit prix, car elle a beaucoup, beaucoup d'affaires, on pourrait enfin se promener dans la rue sans être dépareillées, mais elle ne me voit plus ou ne me parle plus, elle est folle ou autre devenue.

La course au brillant phallus : je vois Balbuzard, brillant phallus, qui court toujours, toujours s'éloigne d'elle davantage, il lui faut le rattraper, il lui montre la voie de ce qui brille car il est pédagogue et, toujours, il éclaire ! Et plus il brille, plus il éclaire ce qui brille et s'en trouve lui-même éclairé, brillant ainsi encore davantage et de lustres variés. Et toujours Mara suit ce qui brille et ainsi elle n'en aura jamais fini, tant mieux elle aime la course...
Mais moi, dans tout ça ?
Comme tout le monde, elle poursuit le phallus brillant, l'incarnation de celui-ci diverge, mais toujours, c'est le phallus brillant qu'ils poursuivent, en voilà un magnifique, de phallus brillant, – me dis-je en voyant Grimpereau –, une belle incarnation et qui brille comme j'aimerais si j'aimais, seulement, moi, je me maîtrise, moi, je ne poursuis pas le brillant phallus, car il faut bien avouer que c'est ridicule, convenons-en, moi, je suis au-dessus de tout ça, je n'ai pas besoin de poursuivre la lumière, car moi je ne poursuis rien, moi, je suis et cela me suit, je veux dire me suffit (faire une rature : suis, corriger : suffit. Idée : faire un livre avec des ratures de lapsus). Je suis, je suis, entendons bien, finalement, je suis dépressive, les dépressifs ne poursuivent pas le phallus brillant, ils sont trop occupés, entendons, ils en sont bien incapables, car il n'ont pas besoin de, ils ne voient pas ce qui brille, car ils y voient noir, le soleil est

noir, comme dit Barbara, ils sont trop occupés à ne rien faire, je veux dire trop occupés à se goûter eux-mêmes, à goûter leur être, ou ce qu'il leur en reste, et c'est énorme, et à mesurer leur manque d'être, qui est encore plus énorme, ils sont tant occupés à se dévorer eux-mêmes, ils sont..., ils sont..., ils sont Dieu, ils se suffisent à eux-mêmes, on n'est jamais mieux servi que par soi-même, entendons on n'est jamais tant déçu que par soi-même, et ce cercle est magnifique, comme on est grand, comme on est un saint dans la mélancolie, comme on s'amuse, et ainsi de suite. Goûter la mélancolie d'être et de ne pas être et de ne plus être et, ainsi, on n'en n'a jamais fini, car elle a bon dos la mélancolie (rature), je veux dire « bon goût » la mélancolie car, quoi qu'on en dise, l'être est une valeur plus sûre que l'avoir... Se dévorer eux-mêmes, se goûter à se flatter de n'être que l'ombre d'eux-même, et l'impossible deuil de celui qu'ils étaient ou auraient pu être, ou de l'enfant qui aurait pu être aimé de sa mère, ou d'un Wilhelm perdu...

Phallus brillant, moi, j'ai mon astre mort depuis dix ans qui n'en finit pas de m'envoyer ses derniers feux et le jour où cela s'arrêtera, qui sait si je vivrai encore, ne vivrai pas, ou bien vivrai autrement ?

Arriver progressivement à cette évidence que la dépression est folie, et prétentieuse avec ça, tous coupables, moi plus que les autres...

LE PHALLUS BRILLANT
Thème à amener après le dialogue réel, pour ménager un crescendo dans le grotesque ? Ou bien le caser pendant ?

Se demander crûment, pendant le dialogue ou après, si ce pétage de plombs n'est pas tout simplement dû au fait que, ce jour-là, j'approche d'un peu près un phallus brillant et

que, n'en méritant pas tant, j'éprouve le besoin de me griller, voilà un beau phallus brillant et, bien sûr, il faut que je me grille...
Amener cela dans le dialogue, au moment de « profs, profs jusqu'à la moelle » ?

« Décrocher le pompon », décrocher le phallus brillant.
Autocritique sur le fait d'en être réduite et à faire une psychanalyse et à penser en ces maudits termes de psychanalyse.

Ceux qui choisissent l'écriture, plutôt que la psychanalyse, se suicident par écrit...

Dire quelque part que, pendant la psychanalyse, durant toutes ces années de psychanalyse, je n'ai toujours pas réussi à aborder la question de Wilhelm.

Finir par désigner la vie, au moins une fois, la vraie, la tourbillonnante, celle qui déchire, où il y a de la casse.
Celle où l'on force les portes.

FORCER LA PORTE
- Balbuzard qui n'a pas forcé cette porte, le jour où il y avait l'autre garçon chez Mara, et qui est resté derrière la porte et a dévalé les escaliers ! C'était l'occasion où jamais de suivre Mara et de tourbillonner avec elle, Balbuzard, mais tu t'es dégonflé ! Combien de fois m'a-t-elle raconté cet épisode de la porte, tu es resté derrière la porte, l'autre, lui, s'il a plu à Mara, c'est que sa porte, il l'a forcée, et plus d'une fois...
- Mara qui me dit : « Il fallait accourir et forcer ma porte ».
Moi, à l'adresse du spectre de Balbuzard : « Je suis comme

toi, je ne force pas les portes, je n'y pense même pas... »,
porte de Wilhelm, serrure...

- Mara qui m'explique qu'elle ne voit plus Moineau, qui a
bien semé le désordre, pas seulement avec moi, mais avec
Anne (battue, et même flanquée par terre) et avec Anna, et
aussi qu'elle a peur qu'il tente quelque chose avec sa sœur
et que, à l'heure qu'il est, elle pense qu'il l'observe dans la
rue ou la suit et qu'elle a peur qu'il défonce sa porte. Ce qui
lui avait tant plu au début, c'est maintenant une crainte.

- À Noël, Mara (à moi) : « Si tu ne veux pas me parler, je
forcerai ta porte ». Mais, dix jours plus tard, à défaut de
forcer ma porte (je ne lui en demande pas tant, quoique, ce
serait un geste fort, elle aurait pu, à défaut, au moins,
téléphoner), bien sûr, c'est moi qui appelle...

Dans le dialogue imaginaire avec le spectre de Balbuzard :
idée de rester de l'autre côté, pas dans la tourbillonnante, la
vibrionnante (vie brillonnante), mais dans la pauvre vie des
amputés qui écrivent, et convenir que, moi, cette pauvre vie
amputée, je ne me l'autorise même pas...

Idée (faire entendre) que je souffre d'une maladie littéraire
(celle de s'abstenir d'écrire, convenir que c'est une folie
littéraire comme une autre, celle qui consiste à s'abstenir ici
d'écrire).

Raconter sur le mode grotesque mes tentatives de lecture, au
début de ma disponibilité, et le rôle de la philo. Heidegger,
notamment, et ce n'était pas faute d'acharnement, me
tombait des mains, impression, comme dirait Mara, que ce
n'est pas là que ça se passe.

En venir à considérer que ceux qui restent accrochés au refuge de la philosophie sont de vieilles femmes peureuses.

Des semaines passées à essayer de lire Heidegger en allemand, dans le texte !

Toujours rencontres de rue, au café (même mot, « surgir », « débouler ») : moi étant au Café des Halles, Raphaël dans mon café, le mec de Mara dans mon café, rencontres de rue avec Mara ou avec des gens qui la connaissent, chez Emma, chez Achille... Ce que diable il venait faire dans mon café... Et moi, qu'allais-je faire au Salon du Livre, ce n'est pas un endroit qui m'est recommandé...

Mara, simple et bien portante, va devoir passer du côté des candidats à la psychanalyse ou au suicide, tout cela parce qu'il lui *faut* écrire !

Tous écrivent : mortes forêts pour petites satisfactions de l'ego social. Forêts abattues pour faire briller ses névroses, régler ses comptes en écriture.

Quand je m'assieds, les jambes me manquent, fébrilité.

Soit une cocotte-minute de la meilleure constitution... que se passe-il au-delà d'un certain temps ? Soit, maintenant, une cocotte-minute affaiblie ou usée... Moduler, doser l'échappement. Mara appréciera, j'espère, l'histoire de la cocotte-minute qui, passé un certain temps, sans soupape d'échappement, explose en pleine rue.

Moi, je ne force pas les portes, pas non plus celles des éditeurs, je ne fais pas le « cochon qui crie », je me maîtrise... Je ne poursuis pas les gens à coups de manuscrits, « Lisez-moi ! Aimez-moi, lisez-moi, mais lisez-moi ! Ou, au moins, si vous ne me lisez pas, achetez, achetez-moi ! » Si un livre est vendu à mille exemplaires, en édition, c'est appelé un best-seller...

Thème du « Tous écrivent » : nul doute qu'ils ne se fabriquent, à leur décharge, de véritables névroses (littéraires), mais il ne s'agit pas ici de débattre de l'œuf ou de la poule... Cf. Achille : « Je trouve ça classe, que tu n'écrives pas...». Rareté, je n'importune personne, je ne poursuis pas les gens à coups de manuscrits... (pas comme Raphaël et les autres).
Vie et pots cassés, vie des potes, cassées, potes cassés.

Développer monologue sur les folies des autres, les folies des adultes qui, autrefois, quand j'étais enfant, m'ont fait perdre beaucoup de temps.

Mara, maintenant que je ne la vois plus, pour sûr, elle aura retrouvé une belle liberté dans ses mouvements, elle sera moins guindée, et aussi elle aura l'œil ardent maintenant, elle change, elle *devient*...

Mettre en scène ma candeur, au début, et ensuite, moi, dans ma version bonasse.

Tout à la fin, sur le chemin de l'Opéra : « Bigre, me dis-je, je n'ai jamais pensé aussi vite ni à tant de choses à la fois, je n'ai jamais été aussi en forme. Allons tout droit écrire cette histoire (ou farce ?).
Mara comprendra, elle comprendra car elle est mon amie, bref, elle comprendra ».

Adolescence : le fait que l'âme, cela se règle. Mythe fondateur. Plus loin, convenir qu'à l'intérieur du dérèglement général, de la folie universelle, il y a tout de même place pour quelques réglages ou règlements, nous enjoindre l'une l'autre de virer notre cuti, de changer de folie l'une à l'égard de l'autre, nul doute que nous soyons amies, mais changeons-en, de folie, cela urge !

Sur les épisodes maresques racontés pendant le dialogue réel, faire que le lecteur comprenne que, si c'est mal raconté, c'est en raison de l'autocensure de Marine.

Monologue off : « Encore un prof honteux. Merci, l'Éducation Nationale, de financer l'écriture ! »

Placer que Wilhelm faisait partie des choses folles, admettre qu'il est nécessairement fou d'aimer le cas Wilhelm, « mon petit cas », comme il m'appelait, trahison après rupture, et de mon fait, car incapable de le voir, et mon histoire avec Tom, il ne me la pardonnera pas...

Multiplier les considérations générales sur l'amitié.
Idée d'un règlement amical – « ya ou ya pas » –, d'une charte de l'amitié ; amitié déréglée, pas de règlement explicite mais, tout de même, il y a des choses à éviter...
Seulement des habitudes, pas de contrat.

Philo : considérer que sous couvert de la raison – mais quoi, ce sont les plus fous – les philosophes se sont adonnés aux fantaisies les plus échevelées, aux plus hautes fantaisies...
La part de la déraison dans l'amitié : finir par l'admettre.

Sur la folie : finir par admettre qu'il faut un certaine dose de folie pour poser un pied devant l'autre.

Raphaël, lui, du côté de ces fous impudiques qui n'ont pas honte de leur folie. Raphaël fait partie de tous ces fous qui écrivent. Cela devient impossible de rencontrer des gens qui n'écrivent pas, etc.

Le monde à l'envers, cette valorisation de l'écriture : on apprécie les gens à proportion des coups bas qu'ils sont capables de faire, pourvu que cela prenne la forme de l'écriture ; non seulement tout est permis, mais tout est gloire !

Sur la culpabilisation : Mara, c'est moi qui l'ai trahie, ou qui la trahis en me demandant si, devant elle, je n'aurais pas fait, une fois, des « yeux de merlan frit », par étonnement devant ses travers ou sa bêtise. Car souvent elle m'a estomaquée.
Achille : « Tu surestimes tes amis ».
Je pense que c'est acquis entre nous deux qu'elle ne cesse de me surprendre et de m'étonner.

Dans l'éloge de la folie : tous, ils ont le goût du drame, celui du pathos, pas moi. Mara et son goût de la dramatisation et, pour tout dire, de la mise en scène. Se rendent fous les uns des autres, s'autorisent à l'être. Pas moi. Après quoi, ou pendant quoi, ils se font les pires méchancetés, nouveaux tours de folie, car ils alternent, ils vivent, eux, ils *deviennent*, et quand ils en ont fini, ils gardent vive cette folie et, toujours, elle les suit, et ils en hurlent la nuit, et cela ne les empêche pas de nouer d'autres folies, celles-ci venant équilibrer l'impossible.

Folle, l'être une fois m'a suffi et, pour tout dire (l'admettre, plus loin), folle de lui, folle à ton endroit, Wilhelm, une fois pour toutes. Pas moins fou d'être, une fois pour toutes, folle d'une seule manière et folle d'un seul, que de multiplier les folies ; ainsi parvient-on à les équilibrer ou à les soigner l'une par l'autre, et ainsi vivent mes amis, et ainsi ils *deviennent*. C'est intégré qu'une fois pour toutes, je suis folle de toi, Wilhelm : il faut juste que cela ne m'empêche pas de nouer d'autres folies... Tenter de ne pas être folle de toi m'a pris, pendant dix ans, toute mon énergie, et s'empêcher de l'être, folle, c'est un nouveau tour de folie, tâche vaine.

Mara : la façon dont elle s'excuse sèchement : « Je n'étais pas encore à Paris ». Idem au sujet de Sophie Calle et de Roland Topor : son énervement. Elle doit se sentir en retard d'une guerre, alors que, bien entendu, elle connaît des tas de choses que les autres ignorent. Et moi, je vois sa gêne, en suis gênée, et j'aurais dû lui dire « Mais où est le mal ? Toi aussi, tu connais tant de choses que je ne connais pas... ». Elle s'agace.

Utiliser sa façon de désigner des gens comme Vanneau, ou Pétrel, non pas par noms et prénoms, mais en disant « La Revue ». « La Revue t'a vue embrasser Bobby dans la rue ». Sa façon, à propos d'un auteur ou d'un groupe dont je lui ai beaucoup parlé, de s'apercevoir qu'il existe et de s'y intéresser seulement quand c'est Balbuzard, ou bien « La Revue », ou bien des gens en vue qui lui en parlent : c'est alors qu'elle les découvre ! Idem pour la politique : n'a pas mis les pieds dans mon association politique malgré tout le bien que j'ai pu dire des intervenants, mais ce que j'aurais dû lui dire, sauf qu'au début je l'ignorais moi-même, c'est

quels gens connus il s'y trouvait. Alors qu'Elderly... Elle n'a pas été capable d'aller voir *Dans ma peau* de Marina Devant, alors que cela constituait un événement pour moi, un véritable événement, mais à l'époque elle ne s'était pas encore donné pour tâche d'aller voir, et dans l'ordre d'importance s'il vous plaît, tous les films commentés dans *La Revue*, dans l'intention de s'y rendre indispensable. Le problème de *La Revue*, en effet, expliquait-elle chez Axel, c'est qu'ils n'ont pas d'échos de leurs lecteurs, or c'est indispensable que leurs lecteurs leur fassent la critique de leur critique, par conséquent, comme c'est indispensable et pour le bien de tous, elle s'en charge ! Faire un parallèle avec, il y a quelques années, le groupe des Nantais. Balbuzard s'y investissait tant, cela comptait tant pour lui, qu'elle allait, elle aussi, s'y investir et s'y rendre indispensable, car ainsi, si d'aventure il dérogeait à ses principes, et s'il rencontrait vraiment une autre fille, cette fille ne trouverait pas sa place parmi les Nantais car, disait-elle, « je ne lui en laisserais pas la place », c'est elle, Mara, qui tiendrait le haut du pavé et ainsi, il aurait à choisir entre les Nantais ainsi noyautés et la fille et, elle le savait, ce sont les Nantais qu'il choisirait, elle le connaît... Ainsi, par les Nantais, il n'y aurait de place pour aucune autre fille dans la vie de Balbuzard. C'est une guerrière, mon amie, et elle est stratège aussi, parce qu'il le faut, une guerrière amoureuse et enragée, et moi j'admirais sottement jusqu'où l'emmenait son courage amoureux. Une courageuse enragée et stratège, et moi j'admirais la façon dont, pour son amour, tous les moyens sont bons. Et moi, tout ce temps, j'assistais bouche bée à tant de courage enragé.
Un courage qui m'a tant manqué.
Est-ce que je lui en veux, de ne pas se mettre dans ma peau ? Et surtout, de ne pas avoir été entendre Wilhelm

pendant sa leçon d'agrégation ? Elle n'a jamais vu mon amour, et c'était, sans le gêner, l'occasion où jamais de le voir, il n'en aurait jamais rien su, mais ainsi elle, elle l'aurait vu et elle m'en aurait été plus chère, aussi, et elle aurait su qui j'aime, entendu sa voix...

Plus loin, faire entendre que ce qui est délirant, c'est de traquer le motif obsessionnel, tant chez elle que chez moi, de se livrer au délire d'interprétation. Le délire est ici dans la recherche d'interprétations délirantes des causes mêmes du délire.

Moi : « Pardonne-moi, poulette, j'avais besoin de m'autoriser à devenir folle, tu m'en as fourni l'occasion ».

Faire que ce livre soit l'éloge de la folie, de l'amitié et de l'écriture, en même temps qu'une déclaration d'amitié.

Détachement énorme qui est le mien à chaque épisode grotesque où j'ai indirectement de ses nouvelles, et aussi pendant l'épisode Godard.

Sur le thème de philo et folie, j'ai étudié la philosophie parce que c'était l'inverse de la folie. En quoi (plus loin), il faudra convenir que je me suis trompée, à l'évidence trompée sur toute la ligne. Force est de constater que c'est marcher sur la tête que d'avoir enseigné depuis tant d'années les folies des autres.

Mara devant écrire, il lui aura fallu pour cela attraper je ne sais quelles pathologies poussives d'écrivain parisien, mais comme elle est sincère et grande en ce qu'elle fait, cela aura pris les proportions folles que l'on sait.

C'est la folie qui est la norme. L'écrire, voilà qui est normal. Et la compétition est rude : tous fous ! Tous écrivent, tous s'écrivent les uns les autres, et les uns aux autres et vas-y que je te réponde et attrape ça dans la gueule et, pas mal non plus ! n'est-ce pas ? j'ai fait mieux que toi, ou encore je me rattraperai la prochaine fois.

Ma psy me dit que je suis une sainte. Facile d'être un saint quand on n'a pas de volition sinon l'empêchement d'exister...
Folie aussi de s'abstenir de toute folie, j'ai dû lire et relire cette phrase fameuse de Pascal, mais je ne l'avais jamais réellement comprise.

Sur le fait que j'ai eu une vie normale, aimé et travaillé. Je ne fais pas mon « Albatros échoué » en salle des profs, ni ne prends la posture du Christ sur la Croix avec les élèves.

La plume autorise tout, péter les plombs, des mois de folie concentrées au bout d'une plume, mais que cela ne trompe personne..., les éditeurs sont au service de cette indécence, collaborent à cette mise en scène de l'indécence.

Gerbert, qui m'appelle « la Civilisatrice »... Ai pensé : la civilisation est malade de civilisation, la Civilisatrice, elle étouffe. Ruses et subterfuges pour faire entendre une voix philosophique, plus admiration pour le talon aiguille, compréhension encourageante de la prétention idiote à être original, unique dans l'individualité de sa foi. Eh bien, voilà, la civilisation pète les plombs maintenant.
Vous parlez d'un résultat ! (relire Nietzsche).

Placer une ou plusieurs variantes de « Nous sommes tous coupables », moi plus que les autres.
Montrer que l'erreur, ou la faute, est de s'abstenir de dire, est de s'empêcher de penser (du mal de ses amis, etc.). Je suis tellement policée maintenant que je me tais. Contre quoi, il faut rétablir la nécessaire déraison de la vie. S'ouvrir à la grande déraison des gens et des choses. Moi et mon détachement persistant. Détachement insupportable, insupportable maîtrise, et l'amour, toujours, relégué dans le lointain : ça ne mange pas de pain...

Mara : son ancienne façon de marcher, style suite de chute rattrapée, ou peut-être, plus simplement, talons non maîtrisés. Nouvellement : aplomb. Est-ce que tout aplomb est imbécile ? Son aplomb, celui des imbéciles ?

Vie normale, fondue dans la norme ; j'ai aimé raisonnablement, j'ai beaucoup travaillé, je suis fatiguée, j'ai beaucoup pris le train pour beaucoup travailler, je fais de l'art quelquefois, le dimanche, je lis des livres pendant les vacances, j'ai des amis, je lis la presse, je parle comme tout le monde et non plus comme un livre comme je faisais autrefois, je suis une fille sans histoires, je me suis fondue dans la masse, je suis une fille normale, maintenant.

Faire entendre à quel point tout ce qui précède, si l'on en reste là, est violent. Excès de raison et de mesure.

Mais, amis sûrs, et qui m'aiment.

Été : moment précis où j'ai desserré la vis et ouvert les vannes : passé trente ans et toujours pas folle ! Je pense que je peux me faire un peu confiance maintenant. Montrer que c'était une autre folie, celle de vouloir tout maîtriser (s'empêcher d'exister), mais qu'il en était besoin, c'était une nécessité vitale. Exprimer par la suite que ce dont on crève, c'est des moyens de survie qui, toujours, sont des moyens de défense, mais on en crève une fois qu'ils ne remplissent plus leur fonction et se sont solidifiés.

Qualifier ainsi l'Inconnu du dialogue : « sans doute quelqu'autre phallus écrivant... ».

Mara veut sortir de l'ombre, entrer dans la lumière, être sous les feux de la rampe.

Je ne pensais pas que l'amitié aussi (comme l'amour ou la famille) nécessitât de ne pas écrire (ou : « nécessitât que l'on s'empêche de penser »).

Laïus sur les êtres vitaux. Pas de charte entre nous, c'est libre. Gagner de l'être. Multiplier les êtres vitaux. Montrer que cela ne suffit pas : quand drame il y a, ils ne peuvent rien, rien, absolument rien pour nous. Quand on commence à se relever, c'est là qu'ils peuvent aider. Plus nombreux sont les êtres vitaux et moins vitaux ils sont. Pallier le risque d'en perdre : il y a une juste mesure à trouver. Jusque-là, je dois admettre que tout était bien mesuré. Cordon sanitaire, protecteur. Ne pas s'y tromper : on les multiplie parce que l'Autre manque, l'être vital premier, celui dont on ne peut se passer. Dix ans que je n'ai pas vu mon être vital, il se promène dans les villes de France et de Belgique, il vit, il parle, il travaille, il mange, il dort, il embellit, il grandit, il change : on passe son temps à se passer de lui, c'est bien pratique, c'est sans risque et sans répit. Et puis, on a fait ses preuves, on a aimé et travaillé, on en est guérie, et voilà qu'on lui écrit. On est apte, on est solide, on est emmaillotée dans la normalité, on se sent enfin apte à lui écrire...

Les êtres vitaux : amener progressivement ce sujet, puis montrer que cela ne tient pas, que l'amitié ne forge pas de liens nécessaires, mais, si l'on y regarde bien, l'amour non plus ni la famille.

S'interroger sur la notion de contrat amical. Peut-on disparaître, comme l'a fait Mara, du jour au lendemain ?

Ensuite un délire : je ne savais pas que l'amitié aussi méritât que l'on s'en abstienne. Arriver à cette conclusion délirante, temporaire, que désormais il faut veiller à s'abstenir de tout lien amical, trop dangereux, rend fou n'importe qui. J'ai manqué de lucidité, moi qui jusque-là ai toujours joui d'une pensée claire, j'ai une fois encore manqué de lucidité. Force était de constater pourtant que souvent les amitiés explosent de tous côtés, déchirent et... combien de fois j'ai consolé des amis malheureux en amitié, mais quoi, cela ne m'arrive pas, pas à moi.
Il y aurait là une raison de produire des théories de circonstance sur l'amitié. Mara produit toujours des théories. Mara abonde en théories de circonstance mais, moi, je n'en produis pas, des théories à tout bout de champ, des théories à bout portant.
Terrain dangereux de l'amitié. Jouer des variations sur le thème des amis sûrs.

Aimer, travailler, enseigner... comme tout le monde. J'aurai bientôt tout oublié de la philosophie. « Alors, cette disponibilité ? » Un an pour s'y remettre et tourbillonner. Mais où tourbillonner ?

Les livres, des refuges ? Heidegger m'a quittée, puis l'amitié m'a quittée.

En arriver, à la fin, à l'idée que tous, on marche sans filet, comme dans le texte-performance écrit par Mara. Idée de risque et de valorisation du risque, chez elle.

La civilisation perd la tête, on crève d'un excès de vertu civilisatrice. Faire l'éloge de la barbarie circonscrite. Dire qu'elle est partout à l'œuvre, en particulier dans l'écriture, soupape de la barbarie universelle. C'est bien pourquoi, outre les raisons matérielles, tant de professeurs écrivent, ou tant d'écrivains enseignent : le jour, on civilise, la nuit tout est permis, les vacances, on se déchaîne, on assassine. Soi-même pour commencer, nul doute là-dessus. En fumant trop de cigarettes, par exemple. Fines lames de la civilisation, ainsi l'on blesse, ainsi l'on tue, ainsi l'on assassine impunément, son amour, ses parents.

Tous, ils n'écrivent rien d'autre que la folie, à commencer par la folie d'écrire, et celle d'être, autant que de ne pas être.

Mara (à moi) : « J'attends l'orage chez toi, il couve. Me voilà ! ».

Comprendre, à observer les autres, que passé trente ans, le compte à rebours a commencé, c'est l'envers du bon sens, les folies s'accélèrent, se développent et se multiplient, ça urge d'être plus fou que les autres. On appelle un chat un chat, tous les coups sont permis. Mais, toujours, on a besoin de se justifier, alors...

Titre possible : *À fou, fou et demi.*

29/09/08
REPRISE DU CAHIER VERT

Dialogue réel du Tribunal Littéraire : faire ressortir tout l'arrière fond de non-dit, mais aussi d'impensé, pour éclairer cette conversation étrange. Ou donner un autre éclairage. Faire sentir la violence de la censure.
Petites incises à rajouter : Grimpereau, « toujours sexuel », prévient-il.
Idée que Grimpereau, probablement sur les rails d'une psychanalyse, cherche à rendre mon discours intelligible et fait des hypothèses qui sont finalement encore plus délirantes.
Loriot, quand je lui raconte ça, dit que Grimpereau a ses propres névroses et ses propres délires.

Deux mises en pages possibles : en gras / normal, ou sur deux pages.

Associations d'idées, mais aussi, coq-à-l'âne de la pensée.

Montrer que la conversation au café (avec Balbuzard et Grimpereau) a un côté « grand oral » (raté) devant un jury.

Unité de lieu : motif du café où l'on surgit de la rue, rencontre de hasard dans la rue... absurdité et côté aléatoire de l'unité de lieu. Signe de désorganisation du lien social.

Pointer tous les micro et macrochangements de Mara. Elle s'est mise à avoir la formule efficace, le mot juste. À l'économie. Elle ne fait pas dans la nuance. Progrès par rapport à ses lettres-fleuves d'autrefois. Économise le temps.

Introduire, par ouï-dire via le personnage d'Axel, qu'elle a chez elle le guide pratique *Comment gagner une heure par jour*. Supposer dans ce livre des conseils invraisemblables et en ma défaveur. La clef de tous mes maux : comment gagner une heure par jour !

Et ses phrases : « Je suis intelligente ! Je m'adapte ! ». Séminaires sur l'intelligence qu'elle a suivis à La Villette, les samedis matins. Depuis, elle claironne : « L'intelligence, c'est s'adapter » (raccourci). Laisser entendre qu'elle a suivi ce séminaire pour devenir intelligente.

Le proverbe romain « Un fou engendre beaucoup de fous, et beaucoup de fous engendrent la folie » : à mettre peut-être en exergue ou en quatrième de couverture ?

Variations :
« Un fou cache l'autre »
« Attention, un fou peut en cacher un autre »
En écho au « vieux proverbe » de la SNCF, la formule préférée de mon grand-père Albert : « Un train peut en cacher un autre ».

« L'arbre qui cache la forêt » : les folies familiales étaient l'arbre... Convenir que la folie est, du monde, « la chose la mieux partagée » (détourner Descartes) et que moi, je m'en suis exclue. Autrement, je me serais autorisée à avoir cet enfant, avec Wilhelm.

Au sujet de Mara : utiliser citation de G. Steiner, qu'il n'y a de véritable combat qu'à armes égales, ce qui suppose que l'on se rende semblable à ce que l'on combat, semblable à l'adversaire.

FEUILLES VOLANTES

Citation de Balzac, en exergue, Hélène Ling (Allia) : « Aujourd'hui un homme qui n'écrit pas est considéré comme un impuissant ». Montrer que Mara, féministe, transpose dans le présent. Femme stérile, sinon, ou pas intéressante. Faire que le mot « intéressant », répété, soit agaçant dans sa bouche. Idem, la « *win* » (qu'elle prononce « ouine »).

Utiliser l'expression « La fureur d'écrire », après, ou en remplacement, ou pour exprimer la fureur de vivre. Lien folie et fureur.

« Une fille de fer ». Développer satire de la bêtise de Mara. Voir l'analyse de Clément Rosset, relire *Le principe de cruauté*. Elle croit dur comme fer que plus d'énergie on met à affirmer quelque chose, plus cette chose est vraie. Aplomb.

Sur ses mensonges, laisser entendre d'abord qu'elle pèche par manque de cohérence et de mémoire : à chaque fois, elle en donne une nouvelle version. Ensuite, refuser cette hypothèse : pas bête, non, mais folle ; sa folie d'image (narcissique). Remarquer qu'elle ne prend même pas le temps, ou le soin, de bien mentir. Cela ne la tracasse pas, elle s'en soucie trop peu pour se tenir à ses mensonges, les retenir. Elle ment tellement, et de plus en plus vite... Ma pauvre poulette ! Elle ne sait pas encore bien mentir, elle y est débutante. Elle m'a dit : « Je suis une menteuse professionnelle », mais elle n'en est qu'à ses premières armes, pas encore au point. Ou bien elle se soucie trop peu de moi pour s'appliquer à bien mentir : « Tu ne mens pas, toi » (elle me dit avec dédain).

Rôle des théories : réponse à l'angoisse. Mara les multiplie, elle en change comme de chemise : souvent folie varie. Sauf moi qui me tiens à mon rocher. Elle a probablement une théorie du mensonge nécessaire. Moi, jamais de théorie. Incapable de mettre un pied devant l'autre. Montrer que timidité, prudence théorique et manque de défenses vitales vont ensemble.

Faire sentir concrètement sa sottise, avant de l'envisager littéralement comme une hypothèse à son propos, destinée, chez moi, à tenter de comprendre la faute amicale. Moi aussi, sotte (et folle).

Moi, enfermée dans mon discours qui m'accuse et qui m'excuse. Elle foutra tout en l'air avec ses propos furax où elle croit que j'ai médit d'elle. Crescendo vers encore pire. Faire qu'avant l'épisode du téléphone, je sois encore une vraie amie pour elle.

Puis, quand il s'avère que c'est une garce, moi, comme une idiote, suivant Emma et sa gentillesse, ai voulu parier, façon pari pascalien, qu'elle est encore mon amie. J'attends la reconstruction. Et rien ne vient.
Folie « passagère » de Mara ? Elle plaide que Moineau lui avait « mis la tête à l'envers ».

Terminer sur Balbuzard et la Palme d'Or. Elle : assise et coite. C'est dire si ça allait mal. J'ai pensé : comme à chaque coup dur, elle aura réuni une cellule de crise, mais moi, elle ne m'a même pas appelée. Vraiment, vous dis-je, elle en est restée « assise ». Et je pense qu'elle arrêtera maintenant cette lutte perpétuelle contre lui, mais non, c'est tout le contraire.

Mais je suis fatiguée de raconter. À Mara : « Tu me fatigues, ton vaillant petit personnage "tous derrière et lui, devant" me fatigue. Allez viens, ma pauvre chérie, continuons à avancer. Tout ça nous a bien déniaisées. Moi, en tout cas. Et nous sommes surtout encore un peu plus seules, et moi un peu plus loin de Wilhelm. »

Écrire la farce pour enterrer cette amitié ? Pour sauver l'amitié ? Une amie en moins, pas dramatique !

Dialogue de sourds au téléphone avec Mara, insister sur le quiproquo, sur ce qui enlaidit la vie.

Remarquer que Mara est parmi mes rares amis, voire la seule, qui ne me pousse pas à écrire ou qui attende un livre. Max, lui, attend de moi le livre magistral, moins j'écris et plus on attend l'œuvre d'une vie. « Proust a bien commencé à quarante ans », dit Max, qui est parmi les rares amis qui m'aiment pour moi-même, qui m'aiment nue, et non pas pour l'œuvre à venir.

On me demande : « Qu'est-ce que tu écris en ce moment ? ». J'ai une tête à écrire ? Mauvais signe ! Et aussi une « tête d'agrégée » (*sic*). Épuisant de rectifier. On pense que c'est chez moi pudeur ou coquetterie. Achille, lui, l'admet. « Je trouve ça classe, que tu n'écrives pas ». Même les amis les mieux intentionnés, les vrais et vieux amis les plus sincères, Emma aussi : je raconte si bien les histoires, dit-elle, je dresse si bien les portraits. Je réponds : « Mais je n'ai *rien* à dire ».

Dire à Mara : « Construire, entretenir une amitié, c'est faire quelque chose, faire une œuvre, créer une relation ».

Insister sur le côté laborieux de Mara, exemple : pour apprendre à se repérer dans Paris, pour passer le permis de conduire, pour danser (à La Rochelle).

Révisionnisme de Mara, quand elle déclare : « On ne se voyait pas tant que ça, tu n'es qu'une amie d'enfance », c'est-à-dire que, bizarrement, elle m'aura vue souvent et pendant toutes ces dernières années, sans même m'apercevoir.

Thème du fer, fille ou femme de fer : elle prend des cours d'orthophonie, et ensuite, cette voix métallique et sonore. Et son bras de fer permanent avec l'Éducation Nationale.
Elle a une santé de fer, cf., plus tard, son accident. Infatigable. Ce pour quoi elle n'a rien pu voir de mon mal. Pas initiée.

Thomas Bernhard : ai pris chez lui la notion d'« être vital », que seuls peuvent vraiment bien comprendre ses lecteurs.

Et aussi : l'idée que les malades rendent malades les bien-portants, qui, pour cela, ne veulent rien savoir des malades. Mara est blindée (donc aveugle) contre la maladie au point qu'elle ne sait pas la voir. Pas d'empathie possible. Chez elle, le ver n'est pas dans le fruit, elle ne vit pas avec au fond d'elle-même une bête de la jungle.

Sur sa cécité devant mon craquage : voir le passage dans Thomas Bernhard sur les bien-portants et les malades, dans *Le neveu de Wittgenstein*.
Sur les êtres vitaux, faire comprendre qu'il ne s'agit que de

cela, de se sentir aimé et soutenu : ça regonfle.
Savoir, même si l'on n'est pas en état de les voir, qu'il y a des gens qui vous aiment, qui auront plaisir à nous voir quand on sera sorti du gouffre, qu'il y a des gens que l'on pourrait appeler, même si on ne le fait pas. Savoir que des gens tiennent à vous, pour trouver la force de ne pas crever.

Or, Mara me fait douter de tout ça.
À cause de *Comment gagner une heure par jour*, comment gagner tout court, d'ailleurs, elle n'est pas joignable pour moi, elle ne prend pas la peine de décliner une invitation ni même d'appeler pour annuler, elle me pose un lapin.

Façon si particulière qu'elle a de battre le pavé parisien.

Une alternative n'épuise pas toutes les possibilités : garce ou bête, folle ou garce ? Ce peut être les deux. D'autant plus garce qu'elle est devenue folle.

Me montrer moi, ridicule, qui pleure sur cette déroute amicale. Et me culpabilise, entre autres, de pleurer. Et je me dis que cette détresse est en moi et que Mara vient lui donner un prétexte second. C'est elle qui n'a pas de chance de mal se comporter avec moi en ce moment : mauvais timing.
Et c'est alors qu'elle m'appelle, furax.

En arriver, pour sauver l'amitié, à lever le principe de contradiction : Mara se comporte comme ça mais elle n'en est pas moins mon amie. Idem dans la philosophie : Épicure n'est pas moins vrai que Plotin, pas moins fou que Platon, montrer qu'on est dans la folie : le principe de contradiction n'a pas cours ici.

Mais, innocuité fondamentale de la philosophie. Rien de plus inoffensif.

Idées simples, à la Clément Rosset : redoubler le réel par l'écriture, ou autres méthodes, pour le neutraliser, le rendre supportable, le mettre à distance.
Comme quand Mara dit, à propos de Balbuzard : « Il a fait son deuil, avec ce livre sur moi ».

05/10/08
Balbuzard : le qualifier de « Maître-ès-théories ».

Mara : fait tout à marche forcée, à vitesse grand V, exemple, les visites de villes, comme à Moscou.
Pour Mara, utiliser deux formules : « depuis qu'elle a pris de la vitesse », puis : « depuis qu'elle est prise de vitesse ».

Mara a mis « un pied dans le livre » : ce qu'elle pourrait dire aussi bien de moi, quand Gerbert édite le livre de Stern que je lui ai fait connaître et dont je lui ai dit du bien.
Mara : « J'ai mes entrées chez *Verticales* et chez Gallimard », ainsi a-t-elle mis un pied dans le livre. Insister sur sa façon de parler du « milieu ». Quand elle demande à Stern, dans une fête, – me rapporte-t-il avec étonnement – (est-ce gênant, si je mets cela dans la bouche de quelqu'un d'autre ?) : « Alors, c'est comment, dans le milieu ? »
Montrer que ce n'est pour elle qu'une affaire « d'en être », d'être là où ça se passe.

Pour moi, elle n'a pas le temps. Elle a des gens à voir, des gens à connaître. Faire entendre que cela sonne chez elle comme avoir du pain sur la planche. Trop de gens importants à voir et à connaître pour qu'elle ait l'esprit à me parler.

Une pensée parano me vient : ces fous nombreux qui parlent seuls dans la rue et viennent parfois m'aborder, c'est qu'ils me sentent folle ? Et moi, autrefois, qui étais folle à vouloir raisonner les fous... Moi qui ai choisi la philo pour éviter la folie.

Mara : passer de sa logique de la représentation à sa folie d'image.

Qualifier son rythme effréné en l'opposant au mien, la flânerie, la promenade. Impossible de se promener avec elle.

Épilogue septembre 2008 : Mara a retrouvé sa voix douce et un rythme normal... à l'occasion de son accident. Elle hait Balbuzard, mais quand je lui demande si elle est sûre de ne plus l'aimer, elle me dit : « Je *crois* que je ne l'aime plus ». Elle fait sa thèse de cinéma (à défaut des paillettes, elle a choisi la voie universitaire : c'est plus sérieux que *La Revue* où elle ne parvenait pas à rentrer à cause de Balbuzard). Elle qui n'était plus qu'ambition dit maintenant qu'elle les a fréquentés, qu'elle a été dans le milieu ; que pourtant, elle n'a rien écrit, que c'est bien la preuve qu'elle n'est pas ambitieuse. D'ailleurs, que Balbuzard, c'est mauvais, ce qu'il fait et, en plus, ce n'est pas un bon prof. Qu'il a récolté seul les fruits de leur collaboration : tous leurs échanges, un an de mails pédagogiques échangés entre eux à propos d'une année scolaire, et voilà qu'il en tire un film... Sans compter le premier livre qu'il a écrit sur leur relation. Et jusqu'au collectif Nantais, qui, ironie du sort, fait un film sur la bonté – alors que Balbuzard a été inhumain avec elle

– et travaille en utilisant des idées à elle ! Tout ce qu'ils font, c'est autant de choses (là, c'est moi qui le rajoute) qu'elle ne peut plus faire sur la scène de la culture. Tout de même, elle a cette parole qui montre que la période qui précède n'est pas tout à fait oubliée : « Il faut être (un peu ?) rapace, sinon, on n'arrive à rien », dit-elle.

Mara, militante des théories de Balbuzard. Elle prend fait et cause pour elles, elle les applique dans sa vie même. Donner des exemples, vrais ou imaginaires, pour la caricature.
Parfois elle a peur que Balbuzard lui-même soit infidèle à ses propres théories, alors qu'elle, elle s'y tient. Comme celle du célibat sans enfant. Elle a la hantise (elle l'a eue) que lui, plus tard, s'installe avec une fille dans un appartement et peut-être même ait un enfant, alors que, pour elle, horloge biologique oblige, ce ne sera plus possible. Peur de se retrouver, elle, « comme une conne », sans mec et sans enfant.

Mara (cf. Clément Rosset) va toujours de l'avant, comme le recommande Descartes. Sauf qu'elle s'éparpille. Fonce tête baissée. Manque de méthode, de rigueur. Avance « à marche forcée », ce qui devient avance « à marche forcenée ».
Moi, grâce flâneuse, position aristocratique. Remarque de Loriot : « Ta gentillesse a pour corollaire un manque de combativité ». Mais combattre quoi ?

Elle, ado : « Je s'rai prof ou notaire. Pas'que c'est bien vu ! »
Plus tard : « J'veux pas vieillir dans c'métier. Je s'rai proviseure ! »
Et maintenant...
Faire sentir, ou carrément dire, que j'ai toujours chez elle

admiré le mérite, l'effort, le côté combatif de la « drôlesse » au sens vendéen du terme.

Loriot qui, un jour, croyant que je suis en rivalité avec Mara, alors que je ne suis que triste d'avoir été abandonnée, me dit, croyant me rassurer, alors qu'avec son mauvais esprit, il fait tout le contraire : « Toi (contrairement à Mara avec Balbuzard), tu connais (en sa personne, lui, Loriot) un écrivain, un vrai ! »
Que m'importe !

Danger de la folie graphomane : commencer à écrire à Wilhelm, tout écrire, continuellement, à Wilhelm, à défaut de vivre avec lui...

Articuler cela à l'échange avec Mara, l'été avant ma disponibilité, et en me culpabilisant, car si je lui avais dit « J'ai une dépression à finir », peut-être que toute la suite ne serait pas arrivée. Pourquoi est-ce qu'on ne peut pas dire ces choses-là à ses propres amis ? Pourquoi m'a-t-il suffi, pour me le dire à moi-même, de le dire à un presque inconnu, charmant, qui m'embrassait si bien le cou et l'épaule dans la rue ? (Picaza). On n'inflige pas ça à ses amis. Et aussi, il y a des choses qu'ils ne savent ou ne peuvent pas entendre. Quand Picaza me demandait ce que j'allais faire de tout ce temps libre, n'ai-je pas fait la dessalée, l'intéressante ! Quel programme de vie ? Quel projet d'existence ? Je suis en plein dedans.

Elle : jalouse de ma disponibilité, de mon temps libre.
Plus tard, faire que je me culpabilise de ne pas avoir perçu qu'elle était sans doute tracassée par l'état de sa sœur Nadine (la cheville cassée).

Me culpabiliser parce que je ne lui ai pas donné le beau rôle, ou un rôle à sa mesure : le rôle de celle qui sauve, me sauve. J'aurais dû. Mais je ne suis pas de celles que l'on sauve. Ni de celles qui veulent alarmer.

Me rassurer, plus loin dans l'histoire, quand je serai dégoûtée, en me / lui disant que je lui donne le beau rôle, celui de la salope haute en couleur. Un tel rôle aura toujours la préférence du lecteur sur le mien.

Sa production de théories s'accélère, sa machine s'emballe. Elle s'instruit sur la nature humaine, toujours, elle est soucieuse d'apprendre : les Noirs sont gentils avec leur femme parce qu'ils ont une grosse bite ; les Arabes, méchants, parce qu'ils en ont une petite. Mara sociologue...

Titre possible : *Le beau rôle*.
Insister, sans en avoir honte, sur la solitude qui est la mienne et son corollaire, la perte de la parole. Les faire ressortir, sentir, en différentes scènes.

Mon année de disponibilité : une année expérimentale, où l'on voit que la philo est une affaire de vieilles femmes peureuses. Moi, j'ai envie d'en découdre. Étais dans l'impatience et la panique. En découdre avec l'existence. *Struggle for life*. Les livres me tombent des mains. Boulimique, je n'en termine qu'un sur dix : ce n'est pas là que ça se passe.

Faire une satire de l'ambition dans le milieu de la culture, bêtise, folie ordinaire, snobisme, conformisme culturel, amitié, amour, et aussi, ma hantise d'être folle.

Folie d'écrire, mais aussi et surtout, folie, au sens de marginalité sociale, celle de ne pas écrire. Folie certes de mettre un pied devant l'autre, mais aussi et plus encore, de s'en abstenir. Prétention insigne et illusoire, de ma part, d'échapper à l'universelle folie.

Crescendo dans l'aigreur et la prise de conscience graduelle de l'inimitié de Mara. Commencer et rester longtemps dans la candeur, l'ingénuité de la névrose, qui empêche ma prise de conscience décisive.

Sur le choix de noms d'oiseaux pour les personnages : trouver si possible un oiseau pour traduire la versatilité de Mara, ses incessants changements de versions : linotte ? à cause de « tête de linotte », vu qu'elle ne retient pas ses propres mensonges. Titre possible : *Portrait de Linotte*.
Donner à Clément Martinet le nom de « Moineau ». Pendant des mois, elle n'osait lui demander s'il était le fils du célèbre Robert Martinet. Puis pensait que c'était probable, vu que son père s'appelle Robert. Enfin, elle apprend que c'est un autre Robert Martinet. Mais lui, en revanche, descend de Napoléon : « C'est pas mal non plus ».
Elle appelle Clément « mon petit oiseau ».

Ses changements de versions : elle a dit à Emma « Je ne vois plus Marine parce qu'elle m'a fait du chantage au suicide », et elle le soutient mordicus ! Mais à moi, au téléphone, quand je l'interroge pour dissiper un éventuel malentendu, elle dit simplement : « Je sais bien que tu ne m'as pas fait de chantage au suicide ». Et ainsi, la question, le problème est évacué. Elle ignore que j'ai passé trois mois à ne guère penser qu'à ça. Je me suis fait un sang d'encre. Emma a réagi à mes yeux trop mollement, trop peu fermement, en se contentant de croire que Mara ne pensait pas ce qu'elle disait, en pensant plutôt à un malentendu qu'à un mensonge bête et méchant, à un coup de poignard dans le dos. Quand Emma m'en parle, j'entends son énième pied de nez à l'amitié, énième retournement, et énième risque de voir mon esprit, ma raison se retourner, retournés par le sien. Plus tard, entrevue diplomatique : elle a encore changé de version (laquelle ???). Je rêve qu'il y ait des témoins chaque fois que l'on se parle. Souvent folie varie. Elle m'a encore prise de vitesse, version nouvelle, théorie *ad hoc*. Sur mon pseudo-chantage au suicide, son argument, c'est : « Mais Nadine aussi le faisait... ». Elle m'a encore assimilée à sa sœur, confondue avec elle. Faire intervenir souvent sa sœur dans ses discours. Mara : « Mais tu dis de moi que je suis intéressée dans mes relations. Moi, je ne parle pas de nous deux. Je dis juste "On ne se voit plus trop avec Marine". C'est tout ». En réponse à la question, elle réagit par la peur de ce qu'elle croit que je sais d'elle. C'est par ces craintes-là, et par là seulement, qu'elle fait son autocritique. Le dialogue de sourds continue : quand je lui rappelle la tête que je faisais quand elle alpaguait Émile, qu'elle a bien vu ma tête, et qu'elle m'a dit ou demandé « Tu te moques ? », au lieu de comprendre mon dépit, dû d'abord à ce que je n'apprends jamais directement les choses qu'elle fait, et ensuite, au fait qu'elle me souffle le garçon espéré, elle répond : « Parce que tu ne pouvais pas le lui dire, toi aussi, que tu écrivais ? ». C'est dire à quel point elle est frappée !

Bête et folle, mais il y a bien des façons d'être bête et / ou fou, mais elle, elle l'est d'une façon clairement inamicale à mon endroit.

Explication avec elle, après qu'Emma lui en a reparlé : le problème, c'est qu'elle a peur que je ne l'admire pas intellectuellement. Je me culpabilise. Est-ce pour cela qu'elle ne me parle plus de ses activités, c'est-à-dire plus de rien, alors qu'elle n'a de cesse d'en parler à tout le monde, notamment dans les fêtes, en particulier aux gens qu'elle ne connaît pas encore mais qui l'intéressent ? Stern : « Mara se ridiculise : elle est en transe parce qu'elle a interviewé Fanny Cottençon ! ».

Quand, lui tendant une perche pour se justifier et me culpabilisant moi-même, je lui demande si elle a cessé de me voir parce qu'elle craignait que je ne l'encourage pas, ou parce que je ne l'admirais pas assez, elle répond : « Ce n'est pas ça, parce que je me fais une entière confiance. Je sais que je ne suis pas cultivée, je n'ai pas lu la presse, pas suivi..., mais, intellectuellement, dans tout ce que j'entreprends, je me fais une entière confiance ».

Me souviens que ses affres tenaient à ce que Balbuzard sortait avec des normaliennes agrégées, alors qu'il était avec elle, et qu'elle n'était pas encore agrégée. Souffrance amoureuse, plus que complexe intellectuel.

Elle me relègue dans le lot des amis d'enfance. « Mes amis d'enfance, je ne les ai pas vus depuis huit mois, je ne me prends pas la tête pour ça ». Quelle mauvaise foi ! Comme si l'on ne se voyait pas très régulièrement toutes ces dernières années avant la crise !
Et puis elle dit : « Les chemins se séparent ».
Elle ne voit pas de contradiction, elle accumule les explications, sans choisir.
Allons, m'exhortai-je à garder mon calme, la drôlesse est

tête en l'air, ce n'est pas nouveau, et nous n'avons jamais été formalistes.

M'étonner de mon impuissance à encaisser, alors que j'ai su tant encaisser sans vaciller dans le passé, impassibilité longtemps interprétée par tous comme de la force morale.

L'appeler l'Incohérente, l'Inconséquente et, aussi, « mon Amie », de telle sorte qu'au début, cela aille de soi, et puis ensuite que cela jure scandaleusement ou sonne de façon ironique.

Mentionner qu'elle entre dans une logique de territoire qui l'oppose à Balbuzard et à moi.

Me culpabiliser en considérant mon amitié bien encombrante pour elle. Heureusement qu'elle ignore totalement l'étendue de la crise où je me trouve. Insister sur toutes les fois où je n'ai voulu ni l'inquiéter ni la culpabiliser. Laisser entendre que je me suis trouvée soulagée à l'idée qu'elle ne voit ni n'entend. Sourde et aveugle : il faut que ce soit, dans la farce, chez elle, une constante, mais c'est pris par moi d'abord avec soulagement, puis avec douleur, ensuite avec perplexité...

En amitié, on a le droit de merder. Mara aussi, c'est son plus grand droit. Ce sont des choses qui arrivent.

Se demander ce qui l'influence (ce qui est une manière de souligner sa sottise).
Sollers : rien de plus sexy qu'une femme qui sait mentir.

M'attendrir : pauvre poulette, cotcotcot. Puis m'énerver :

elle se fiche tellement de moi qu'elle ne retient ni les faits, ni les paroles, ni les mensonges. Je vis son manque de rigueur comme un manque d'amitié.

Faire varier l'autocommentaire sur la farce à écrire, nouveau livre mental. Présenter cela comme une venue au monde, mais côté barbarie. Dire expressément que la tonalité de la farce dépendra de l'issue. Faire varier cette tonalité dans la farce elle-même, en fonction de l'état de la relation avec Mara : sauver l'amitié ? Régler mes comptes ? Régler son compte à Balbuzard ? Puis prendre une revanche sur la salope d'amie qui, visiblement, à défaut d'occasion de me sauver la vie, me plombe de ses mensonges répugnants à un moment d'aussi grande vulnérabilité. Faire varier aussi la nécessité de / ou le renoncement à la farce, de telle sorte qu'on ne sache plus quels en sont les véritables motifs.
Présenter alors la farce comme une menace.

Pas de bienveillance sans un minimum d'attention à l'autre.

Quand elle me plombe sciemment, me joue ce sale tour, préciser que j'ai uniquement pensé : « Pauvrette, tu as eu peur pour ton image et ça t'a rendue folle ».

Le fou : « Celui qui a tout perdu, sauf la raison » (chercher de qui est la citation).

06/10/08
Pour savoir où elle en est, ce qu'elle a dans la tête, il me faudrait lire son « *book* », comme elle dit. Y décrypter quelques théories souterraines qui m'expliqueraient ce qui nous arrive. Attendre, pour y comprendre quelque chose, la sortie et la lecture du prochain Balbuzard sur l'amitié, et

aussi, plus tard, la lecture du livre de sa nouvelle grande amie, que je n'ai pas eu l'heur de rencontrer.
Généraliser : on a désormais les nouvelles les uns des autres par éditeurs interposés, ou via la presse, puisqu'on ne lit même plus les livres les uns des autres ; passé le premier, on n'a plus de nouvelles de ces livres que par la presse.

Les mots anglais dont elle émaille sans arrêt son propos : un *book*, les VIP, la *win*.

Faire que ce soit la lecture des faits qui impose l'idée que c'est une peau de vache, mais montrer que moi, je ne le perçois toujours pas. On ne voit pas plus la poutre dans l'œil de ses amis que dans le sien.

Reprendre l'idée de Barthes (citée dans le *Barthes par lui-même*) sur les adjectifs. Ici, c'est moi qui, insupportablement, *qualifie* ma copine et notre amitié. Une amitié véritable se passe d'adjectifs, c'est moi qui suis en faute et contrainte de m'interroger sur la valeur ou la persistance de cette amitié. Signe de *ma* trahison amicale, je *qualifie* mon amie. Contrainte aux adjectifs. Insupportable regard objectif sur les gens qu'on aime (ceci, après le début de l'écriture, le détour de l'écriture).

Je l'ai toujours entendu affubler par les autres d'adjectifs qui la disqualifiaient. Ce qui me laissait perplexe. M'était dérangeant.
N. B. : chronologiquement, c'est elle qui a commencé à m'objectiver en adjectifs, désagréables, entre autres.

CAHIER VERT, SUITE

Faire sentir en creux, chez mon personnage, l'interdit d'écrire. Blocage, névrose de non-écriture. Livres mentaux, gardés au-dedans de soi-même. « Je me maîtrise, moi ».

Faire que la philo semble, au cours de la farce, naturellement laissée au profit de la folie. Incapacité à me replonger dans Heidegger.
Érasme : « Les philosophes sont les plus fous. »

Les êtres vitaux : évidence que ce dont on meurt, c'est de ce qui justement nous permettait de vivre, quand cela se solidifie, tombe dans l'excès, ou vient à manquer, à faire défaut.

Montrer que c'est Balbuzard qui a contraint mon amie à écrire. Elle qui était une personne simple et bien-portante.

Pousser le délire de culpabilité de l'écrivain jusqu'aux forêts abattues pour faire briller ses névroses, régler ses comptes en écriture.

Mon explosion : « cocotte-minute ».
Appeler Mara « ma poulette ». Donner dans les noms d'oiseaux tout du long.
Remarque : maintenant elle vit avec un oiseau.
Éva, son amie suicidée : petit oiseau mort.

Mara découvre qu'elle a un inconscient : elle rêve du coucou, elle pense qu'il s'agit de protéger son cou. Elle ne pense même pas que le coucou, sur lequel, en compagnie de sa mère, elle a vu avec sidération, et pour cause, une émission, est celui qui vire les œufs des autres oiseaux. « Je suis une paysanne », elle disait.

CARNET ROUGE

Citations relevées sur les sites sergecar.club.fr, philosophie et spiritualité, et dicocitations.com :
Folie fait vivre, raison tue.
William Blake : Si seulement le fou s'obstinait dans sa folie, il deviendrait sage.
Alain : Un sage se distingue des autres hommes non par moins de folie, mais par plus de raison.
Aristote : Il n'y a pas de génie sans un grain de folie.
Balzac : Il faut toujours bien faire ce que l'on fait, même une folie.
Albert Brie : La raison, type de folie qui fait terriblement défaut aux autres bêtes de la création.
Bukowski : Des gens qui n'ont jamais de moments de folie, quelle horreur que leur vie !
Remarque : c'est l'idée que Mara est folle qui la rend non haïssable. Et folle par amour, initialement.
Chamfort : Il y a plus de fous que de sages et même, dans le sage, plus de folie que de sagesse.
Cocteau : L'extrême limite de la sagesse, voilà ce que le public baptise folie.
Diderot : Il faut souvent donner à la sagesse l'air de la folie, pour lui procurer ses entrées.
Duras : La solitude est toujours accompagnée de folie.
Euripide identifie folie et amour. À voir.
Graham Greene : Je me demande comment tous ceux qui n'écrivent pas, ne composent ni ne peignent, parviennent à échapper à la folie, à la mélancolie et à la peur panique qui

sont inhérentes à la condition humaine.
Anonyme : Commettre au moins une folie par an pour ne pas devenir fou.
Ionesco : La raison, c'est la folie du plus fort. La raison du moins fort, c'est de la folie.
Ionesco : Même la folie a une auréole.
Joseph Joubert : Il y en a à qui il faudrait conseiller la folie.
Rechercher l'auteur de : « On ne peut atteindre la sagesse sans la folie ».

Je ne suis pas, que je sache et pour l'heure, devenue raisonneuse.

Si Mara avait seulement été ordinairement calculatrice et ambitieuse, je ne l'aurais assurément pas trouvé tolérable. Mais vu que c'était folie, vu la dimension grotesque de la chose, grotesque pathologie, je l'ai accepté.

Du *book* de Balbuzard sur l'amitié, j'anticipe la lecture impitoyable.

Quand j'ai dit à Mara « Tu m'abandonnes », elle n'a pas entendu, elle n'entend que la parole sur sa pomme.

Tourner la page : encore faut-il qu'elle soit écrite.

Placer plusieurs occurrences de « forcer la porte » (répétition comique dans l'imaginaire maresque).

Finir par admettre que la folie était nichée là depuis longtemps. Que j'ai des amis épouvantables.

09/10/08
Tout comme les cordonniers sont les plus mal chaussés, en matière de folie les philosophes sont les plus mal... lotis ?

Motif des théories sur l'amitié. Quelles théories en avait Mara, avant la crise ?
Au téléphone : « Je n'ai de leçons à recevoir de personne sur l'amitié. *Nous* y avons réfléchi, *avec les Nantais* ».

Idée que, con ou fou, on l'est tous. L'essentiel est de changer de manière d'être con, de discours cons (« Je suis intelligente ! Je m'adapte ! ») ou, si l'on veut, l'essentiel est que la connerie évolue au lieu de se solidifier. Que de conneries on change, c'est un signe de santé, et d'intelligence dans la connerie aussi (« Je suis intelligente ! Je m'adapte »). Ma connerie ascétique et mutilante versus la connerie vigoureuse et changeante de Mara. Chez moi, la mesure / chez elle, la démesure.

Mara et le beau rôle : « Ton petit personnage vit, croît, se développe ». Faire, peut-être, qu'on entende : « Ta connerie croît et se développe ».
Conne magistrale et attendrissante...

Faire que, par moments, je parle mentalement à Mara.

Les horreurs qu'on se met à penser de ses amis quand ils vous quittent. Moi, atteinte d'une folie qui n'est pas sympathique.
Idée de régler ses comptes, règlement de comptes par écrit.
Farce : se demander si Mara prendra seulement le temps de me lire. Sans doute que non. À quoi bon l'écrire, alors ?
Idée que l'écriture est, chez moi, liée à la folie procédurière,

folie familiale (ma grand-mère, sa sœur et son frère, en procès les uns contre les autres depuis vingt ans).

11/10/08
Depuis que les théories fusent sur l'amitié...
Jusqu'à présent, les gens ne vous assomment pas de leurs théories sur l'amitié, les familles ne vous harcèlent pas pour que vous vous fassiez des amis, ou trouviez une amitié durable, on ne meurt pas de chagrin d'amitié, on ne chante pas l'amitié perdue ou retrouvée.
On en vient donc à sa demander si l'amitié a une quelconque importance, ou même si elle existe ; ce doit être bien peu de choses.
Osciller entre l'éloge inconditionné de l'amitié et la crainte qu'elle soit peu de choses. Un trompe-l'ennui ? Manière de tuer le temps quand on n'a rien de mieux à faire ? Un entraînement à l'amour ?
On ne demande pas des preuves d'amitié. L'amitié se passe de preuves parce qu'elle est exempte de doutes, ou parce qu'elle n'est rien de sérieux ?
Amitiés féminines. Fausse question sur l'amitié homme / femme. C'est l'amitié tout court qui est en question, peut-être.

Amitié asexuée avec tous mes autres amis. Mais avec Mara, pas le choix, elle me met sur un pied de féminité, de complicité féminine. Ma petite caille. Parler chiffon.

Mettre en scène la féminité de Mara, exacerbée, mais exprimée consciemment et avec humour le plus souvent.

Un développement sur ses « improbables » amies.
« Soirées *girls* » où elle m'invite, mais c'était intéressé.

« Soirée avec les *girls* », elle dit aussi. Lui faire dire souvent « *girl* ».

Moi, bon public du théâtre de sa féminité, et amusée de ses accessoires, et touchée de la relation privilégiée qu'elle a nouée avec son bijoutier de la place des Vosges. Culte de la pacotille déjà dans l'enfance.

Chez elle, pas de discours politique. Difficile d'en parler avec elle. N'est pas venue quand je lui ai proposé de se joindre aux réunions où j'allais avec des anciens trotskistes. Parce que je ne lui avais pas dit que c'était des VIP. Ou parce qu'elle n'était pas encore politisée. Elle n'avait pas encore rencontré Elderly et n'affichait pas encore son *Libé*. Faire le lien avec « Je sais que je ne suis pas cultivée, je n'ai pas lu les journaux ». Elle se met à lire *Libé* et à donner des leçons de politique à tout bout de champ. Dans les soirées, elle milite et repart victorieuse : elle a convaincu deux personnes de voter à gauche ! Quelle tête à claque...
Maintenant elle a trouvé son look : garçonne sexy et affranchie. J'apprécie. On est moins bizarrement désassorties.

Dans ma recherche de culpabilité : ne pas avoir vu, peut-être, sa souffrance ou sa gêne face aux vrais Parisiens, ou Germanopratins. J'aurais pu, j'aurais dû la réformer, la conseiller pour lui faire gagner du temps ?

L'emploi du futur chez Mara : cf. « Je s'rai prof ou notaire, je f'rai un film sur Éva, je s'rai proviseure, je f'rai un film sur l'avortement ; je m'suiciderai à vingt-cinq ans, je n' veux pas vieillir ». Ensuite, elle a lu *La femme de trente ans* de Balzac et décidé d'affronter la trentaine, défi *intéressant*.

Plus tard, ce sera « À partir d'une certain âge, une femme plaît si elle fait des choses intéressantes ». Pas d'enfant, elle ne veut pas déformer son corps. Plus tard, elle trouve des justifications théoriques, elle forge pour tout des théories *ad hoc*.

Et là, à point nommé, se produit le « suicide » de son amie Anne qui l'appelle (en même temps qu'elle appelle son propre mari) au milieu de la nuit, pendant le passage à l'acte. Mara *s'occupe* d'elle, « Je prends soin d'elle, je m'en occupe. Je ne suis pas comme ça, je ne suis pas comme tu dis » : dialogue de sourds. Moi, je ne demande pas d'aide, je ne suis pas de celles que l'on sauve ; mais le seul fait de savoir qu'on a des amis, même si l'on n'est pas en état de les voir, même si l'on ne veut pas leur infliger son état, est une force ; je me serais contentée de ne pas m'angoisser de les avoir perdus avec toutes ces histoires.

Une amie récente et, il faut bien le dire, une fille épouvantable, a ses faveurs, elle la soutient, alors que moi, plus tard, elle me poignarde dans le dos (avec ses histoires mensongères de suicide, ou de chantage au suicide auprès d'Emma) : c'est moi qui me sens un monstre, pour qu'une amie aussi chère, fidèle, fondamentale, ne m'aime pas.

Elle est toujours aveugle et sourde. Elle n'entend pas que je lui parle de moi et de ma souffrance ; elle, elle est toute dans l'angoisse des jugements sur sa personne. N'entend que ce qu'elle prend pour sa propre critique.

Achille, à son propos (entre autres) : « Tu surestimes tes amis » (à reprendre en leitmotiv).

Elle : « Écoute, je n'ai pas de problème avec toi. Si tu as un problème avec moi, c'est simple, on arrête de se voir. Tu me rappelleras dans dix ans, tu verras, je serai toujours ton amie ».
Je lui dis : « C'est sûr, tu n'a pas de problème avec moi, il n'y a plus de relation ! »
Elle n'invoque pas mon amitié et la connaissance que j'ai d'elle, elle me sort : « Demande à mes amis comme je suis une bonne amie ». Au lieu de me dire : « Tu déprimes, tu déraisonnes, je t'ai fait du mal à cause de Moineau, mais c'est fini, je suis ton amie. Tu me connais, fais-moi confiance ». Non. Elle dit : « Demande à mes amis ». Dont acte : à l'évidence, je n'en fais plus partie, et c'est bien là le motif de ma crise.
Qu'est-ce qu'il lui prend ?

Mara : « Dix heures ! Je t'ai consacré dix heures. Si je n'étais pas ton amie, je ne t'aurais pas consacré dix heures !! »
Elle compte. En amitié, elle compte le temps. Que, pendant ces dix heures, elle m'ait tout autant raconté sa vie, parlé de choses diverses, c'est comptabilisé dans la corvée.
Et là, un peu plus tard, je me prends à regretter le temps passé ensemble.
Combien de pages a-t-on le temps d'écrire en dix heures ?
Combien de nouvelles théories peut-on faire germer ?
Combien de nouvelles connaissances peut-on accrocher ?

Déroulement de l'argument de la farce : montrer que je perds les pédales en doutant d'une amitié, et que c'est tout, alors, qui se dérobe.
Pas de contrat en amitié, pas de contrat à la vie à la mort, pour le meilleur et pour le pire. Pas de règles même tacites.

Pour Mara, ce ne sont que de vieilles habitudes. Là chez elle maintenant, place à la vie neuve. Pas de quoi en faire un plat, elle a juste mis fin à de vieilles habitudes.
Mara (et ce n'est pas faux) : « On a toujours eu une relation élastique » ; quatre ans sans même la voir, dans les années d'intolérance puriste où je la trouvais ridicule, et sa sottise, pénible. Sottise par écrit, qui me sautait désagréablement aux yeux, et cette pensée me mortifiait, je m'en voulais et j'étais gênée pour elle.

Autre exemple où elle m'a mise dans une situation impensable : quand j'ai tapé pour elle son mémoire de stage, à la fin de sa première année d'enseignement : la « déscovalorisation » de l'élève, et autres brillantes théories ne se proposant pas moins que de réinventer l'apprentissage de la lecture.

Titre possible : *Portrait d'une coquette.*

Chez elle, le démon de la théorie, le démon de la comparaison.

Faire que l'on ne sache pas si, dans la farce, c'est le discours de l'abandon ou, au contraire, la légitimation du comportement de Mara, la rationalisation de la situation, qui est un délire. Ainsi, c'est le discours de l'abandon qui pourrait bien être un délire.
Remplacer vrai / faux par fou / pas fou. Savoir laquelle de ces propositions (elle m'abandonne / elle est toujours mon amie) est folle, laquelle ne l'est pas. En faire une inquiétude obsessionnelle. Folie, ou conflit psychologique : laquelle de ces deux propositions ? Si l'une est vraie, l'autre est nécessairement fausse. Mais laquelle est vraie ? Problème

indécidable. Faire un raisonnement délirant, conclure, ou aboutir à l'idée que si l'une de ces deux propositions est folle, rien n'exclut que l'autre le soit aussi. Se demander si la folie n'est pas dans le fait même de poser cette alternative, de penser que la réalité est aussi partagée et distincte et non pas mélangée, confuse.
Montrer que la raison vacille (ici, le principe de contradiction est en péril, puisque j'en arrive à la fois à penser qu'elle est mon amie, et qu'elle m'abandonne). Situation et sentiment ne se laissent pas réduire à des alternatives simples.
Moi qui ai toujours joui d'une pensée claire, ce qui m'a toujours sauvée... Contrainte par la folie des autres à avoir une pensée claire et rigoureuse.
C'est l'alternative elle-même qui rend fou ?
Si les deux sont vrais, rien d'étonnant alors à ce qu'elle m'ignore et, plus tard, me fasse de sales coups, et que l'on se revoie en amies juste rapidement une fois tous les six mois.

Revenir sur le thème de « Tout le monde écrit ». Cercle vicieux : pour continuer à avoir des amis et à aller à des fêtes, il faut pouvoir justifier d'au moins un livre. Le cinéma, ça ne marche pas mal non plus, Balbuzard l'a bien compris, et Mara à sa suite, et pour sortir un livre ainsi que pour le vendre, il faut avoir des amis et ses entrées dans les fêtes, et des ennemis aussi, qui l'achèteront peut-être pour s'en agacer ou en médire. Amis et fêtes sont un vivier de lecteurs, d'éditeurs, de collaborateurs du « milieu », comme elle dit, la pauvre, un capital à développer. Il faut disposer d'un capital d'acheteurs à défaut de vrais lecteurs. Au moins, du fait de cette politesse réciproque qui veut que, si nous n'avons pas l'intérêt ou pas le temps de nous lire les

uns les autres, nous garnissons nos bibliothèques respectives et, justifiant de toutes nos connaissances qui écrivent, montrons que nous appartenons au « milieu », comme elle dit. Parce qu'entre, d'une part, les amis et les connaissances qui pourraient attendre en retour quelque chose de nous, par exemple, au moins, que l'on achète leur livre comme ils ont acheté le nôtre, et d'autre part les ennemis, les jaloux, les amis des ennemis, et aussi les amis d'amis auxquels les amis offrent notre livre qu'ils achètent par dizaines pour nous soutenir et aider, on doit au bout du compte atteindre, si l'on est très sociable et très détesté, le bon millier d'exemplaires.
J'achète ton livre, et je sais que tu achèteras le mien quand ce sera mon tour, simple politesse, mais surtout simple accord d'intérêt commun, accord tacite. Lis-le ou non, peu m'importe, mais parle-s-en, même si c'est pour ne rien en dire ; et de préférence, décrie-le, cela m'assurera plus de publicité qu'un éloge : les charognards, les envieux et les autres écrivains minables (à la manque) s'empresseront alors de l'acheter pour le plaisir de le décrier, ou de se conforter dans l'idée qu'ils ne sont pas les seuls à être aussi nuls. Écris un article sur mon livre, et je recommanderai le tien, ou j'écrirai un article sur le tien. Milieu circulaire des faiseurs et des critiques qui souvent cumulent utilement les deux casquettes.
Tout cela pour atteindre le seuil ridicule, mais minimal, des mille ventes, et avoir ainsi plus de chance de sortir le prochain livre. Un laisser-passer pour le prochain livre.

L'écriture, la publication et la critique, et les fêtes qui en découlent, sont le nouveau ciment du lien social. Pensées d'une fille radicalement isolée, solitaire : tout le monde s'entrelit, se lie, couche aussi et se lit, sauf moi. Comme on fait folie, on se cache.

Dans la recherche des causes du malaise amical, sur le mode « reprenons calmement », se demander ce qui a changé, ce qu'il y a de nouveau : d'abord, mon année de disponibilité (qu'elle jalouse, elle me jalouse parce que j'ai du temps !!!), puis son affairement dans la rivalité avec Balbuzard, ensuite Petrovski, rocker, célibataire, producteur et, pour finir, Vanneau, rédacteur en chef, sans oublier Léandre, producteur de cinéma et l'adopté des Dubois...

Rendre hautement comique le quiproquo concernant mes pleurs après l'opération (je pleure sur Mara : elle arrive fort en retard et avec très peu de temps devant elle, temps qu'elle passe principalement au téléphone, elle me parle de ses nouvelles conquêtes et, aussitôt, elle file, elle a rendez-vous avec une fille « qui te plairait : c'est un morceau ! et c'est la fille de Paul Norman ! ». Mais elle, elle croit que je pleure sur mon ovaire. Pour elle, c'est la visite obligatoire post-opératoire qu'on se doit de faire à une amie, grande occasion, forcée de venir... D'ailleurs, elle m'avait proposé de venir me chercher à la clinique, j'ai refusé : en ce moment même, elle voit Émile, ce garçon qui m'avait plu, elle a un *projet* (culturel !) avec lui, elle va en faire un *partenaire* (c'est un mec jeune et brillant).

Se demander si j'ai négligé cette amitié, si j'ai eu raison de la laisser dans un silence d'un mois, à l'époque où elle craignait d'être enceinte, et où j'ai pensé qu'elle désirait rester seule, ou se demander si c'est parce que j'aurais dû faire un forcing chez elle pour lire avec elle le livre de Balbuzard sur elle.

Elle me fera ce reproche, la non-initiée : « Moi aussi, j'ai fait une dépression, à l'automne : j'ai perdu des cheveux ! Je peux te retourner tes reproches : tu n'étais pas là, tu ne m'as pas aidée. Les torts sont réciproques, on est quittes », voilà ce que dit celle qui tient si bizarrement les comptes.

Se demander si j'aurais dû « faire mon intéressante » pour conserver son attention, briller davantage (elle aime ce qui brille).

Je me demande si je l'ai perdue en ne la malmenant pas assez, ou bien en ne tentant pas, *manu militari*, de la réformer.

Établir un crescendo, et dans le personnage de Mara, et dans la folie de la narratrice, et dans la situation ; ça culminera, côté histoire, avec l'épisode d'Émile et la scène post-opération.

Ma folie : pas avenante, ni arrangeante.
Faire rire de mes pleurnicheries, de mes malheurs et de mon aveuglement. Voir Voltaire, *Candide*, sur la persistance dans l'aveuglement.

En arriver, plus loin, à l'idée que la folie était déjà là depuis longtemps, inaperçue, comme la cuiller dans le pot de confiture. Un signe de cette folie : avoir nourri une telle amitié. Romain, à son propos (entre autres) : « Tu es mal entourée ».

Si les théories fusent sur l'amitié, c'est bien qu'il y a un problème.

Arriver au « MERCI D'EXISTER », de mes amis à moi, et de moi (?) à mes amis.

Leitmotiv : « Je ne maîtrise plus rien : je ne peux m'empêcher de penser que... »

Tant de signes, et je ne voyais rien. De quel côté est l'aveuglement ?

L'argument du livre qu'elle a écrit : une fille en sauve une autre, qu'elle a longtemps observée dans l'immeuble en face du sien, à l'étage en-dessous. Elle s'entraîne très longtemps chez elle à manger, dormir, marcher sur des fils, d'abord au-dessus d'un filet, puis sans, afin d'affronter le gouffre, le risque de la chute, et d'aller retrouver l'autre en funambule. Métaphore de la rencontre qui sauve.
Je pense : « Fais ce que tu écris, bordel, au lieu de l'écrire, sauve-moi ou, au moins, ne me nuis pas ! C'est maintenant que j'en ai besoin ». Mais elle, elle est toute à son écriture, déjà partie sur un nouveau projet. On peut être partout à la fois ? Elle sauve par écrit : quelle ironie !

Elle : « Je n'ai jamais refusé mon aide à personne ».
Et, trois minutes plus tard : « Je ne suis pas comme tu dis, Anne m'a appelée à deux heures du mat' en se suicidant, je la vois, je m'occupe d'elle ». C'est-à-dire qu'il faut se suicider en direct pour qu'elle s'occupe de vous et puisse voir que vous existez ! Mais moi, je ne fais pas des choses comme ça, je ne me suicide pas, et je n'accepterai pas d'être une charge pour quiconque voudrait s'occuper de moi.

Une amitié chère, parce que d'enfance. Avant les drames familiaux, les faits-divers généralisés.

But de la farce : s'autoriser à être fou, c'est-à-dire à vivre.

Dimanche 12/10/08
Ai compris des choses élémentaires, saisi des évidences : que la folie est une réponse de survie à une situation de violence, elle-même folle, quelle qu'elle soit, même ordinaire.

Pour donner l'impression d'hallucination et déréaliser, dans la partie off qui suit le dialogue avec les trois mecs, parler au futur, avec du présent hallucinatoire. Ainsi la suite, présentée comme un délire, épargnera Mara. Faire que je parle avec les spectres des trois garçons, que j'en découse avec eux. Passer du monologue furieux au dialogue avec les spectres. L'obsession de Mara (à propos de Balbuzard et de ses amis écrivains) : « Oui, mais ils obsessionnent volontairement, eux, et ils obsessionnent par écrit ». Comme si cela autorisait toute folie, l'écrire ! Dire clairement que je ne suis pas dupe, qu'ils ne choisissent pas vraiment leur matériau, pas leurs obsessions, mais que la seule chose qui les sauve, c'est qu'ils ont cette coquetterie de l'écriture, qui permet d'en faire un livre, et aussi la caution du « milieu », comme elle dirait.

Faire que, dans le texte, je me fasse tour à tour l'accusatrice et l'avocate de Mara : « Mais quoi, ce sont des fous... ».

Insister lourdement sur l'hypocrisie du « pas de côté » fait par Balbuzard, qui renie Mara.

La scène littéraire : théâtre des affrontements et règlements de comptes du « milieu ». Régler leurs comptes courants, et pas seulement leurs rivalités littéraires...

Brouille de Loriot et de Stern, petits coqs. Montrer que mes amis ne supportent pas que je sois amie avec d'autres écrivains qu'eux-mêmes, et que chacun d'eux accuse les autres d'être fous.

Problème : quelle proportion donner à la mise en abyme ? Vers la fin : faire allusion à l'écriture de cette « mauvaise farce », en suggérant le coup bas. Où cela désignerait indistinctement ce qu'elle m'a fait, mais aussi la mauvaise blague que je lui fais, en riposte, en recourant au genre littéraire de la farce satirique, à la caricature.

Ambivalence du projet de la farce : reconquérir Mara et sauver l'amitié, faire l'éloge de l'amitié, relancer l'amitié / ou bien l'assassiner, donner une grande claque à son ego, la convertir en personnage de papier, tourner la page.

Faire que l'on découvre graduellement dans le texte que nos deux névroses sont opposées : elle, ambition combative, moi, culpabilité, disparition.

Une fin possible pour la farce (ou fin partielle, car la vie continue) : aller la trouver et lui demander de réparer, lui demander de prendre la chose en main, lui demander de l'aide. Qu'elle répare et rétablisse une amitié viable, à sa convenance. Moi, je suis incapable de me et de nous prendre en main, vu que cela fait maintenant un an de larmes / contre dix heures, voire plus, pour peu qu'elle compte les secondes ou les minutes, si je l'appelle. C'est sur cette pensée qu'à quatre heures du matin, ce 4 novembre, j'ai pu m'endormir.

Mara ne peut parler avec un homme sans se poser la question de savoir s'il voudra coucher.

Travailler sur la notion de dépendance, puis celle « d'êtres vitaux ». Obtenir un état panique au terme du crescendo. Ambivalence : ce dont il faut convenir (le fait qu'on dépend des autres), c'est précisément ce qu'il faut refuser.

Faire que mon personnage de Marine ne soit pas pathétique sur toute la ligne. Et donner une certaine beauté (celle de la force et de l'excès ?) au personnage de Mara. Convenir qu'elle est devenue un personnage intéressant et rare.

C'est au moment où j'avais enfin plaisir à parler avec elle qu'elle me quitte.

Bonasse, simple d'esprit que je suis, conne à force d'éviter les conflits.

Pour peu qu'on m'ait vue d'un peu loin corriger des copies dans un café, la rumeur aura eu tôt fait de se répandre et de se fortifier : elle écrit...

Pression sociale normative : injonction d'écrire. Même au fond de la Vendée, même au fond des campagnes, tous se piquent d'écrire, la littérature régionale a bon dos. Il n'y a pas de solution de fuite.

Écrire : s'enfermer volontairement dans une boucle obsessionnelle. Alors que, moi, prête que je suis à leur pardonner leurs vains efforts d'écrire en croyant par là échapper à leur folie, je pense avec compassion : « Ont-ils vraiment le choix ? »

Confidence de Loriot : « Il y a longtemps que je serais devenu fou si je n'écrivais pas ». Mais, faux ! On n'est pas moins fou parce que le « milieu » cautionne votre folie en vous publiant...

Plus tard, quand je ferai ce geste, énorme pour moi, de demander de l'aide à mes amis (Loriot et sa femme), le moment sera mal choisi : elle me serre le bras, dès que Loriot s'est éloigné de nous de quelques mètres, pour me dire : « Dis-lui de me faire un enfant, persuade-le de me faire un enfant, sinon je vais me jeter par la fenêtre ! » (*sic*). Elle est enfermée dans sa souffrance de femme en mal d'enfant ; lui, il est enfermé dans son écriture. Et quand il en émerge, c'est pour produire de curieuses nouvelles théories : « Seuls les gens qui sont déjà morts font des enfants ; Moretti fait des enfants, c'est qu'il était déjà mort. La preuve, c'est que la vie de l'enfant vaut plus que la nôtre : on sacrifierait sa vie pour sauver la sienne ; donc on est déjà mort. Moi – ajoute-t-il – je ne suis pas encore mort, et je n'ai pas l'intention de l'être » (*sic*). J'ai mal choisi mon moment, ou peut-être mes amis, je suis moi aussi renfermée dans ma souffrance. Encore un dialogue de sourds, à trois voix cette fois. Loriot, le plus affectueux de mes amis, lui qui a une théorie selon laquelle l'amitié dure toute la vie. Mais peut-être en a-t-il changé, depuis. Les théories changent si vite ! Quand j'essaye de lui parler, je peine, tant il est lourd de dire comment et dans quel état j'ai pu me mettre, mais il ne me laisse pas parler, il a peur peut-être de ce que je vais lui dire et, malheureusement, je me laisse interrompre par des paroles violentes et insultantes, celles que formule, incroyablement, celui que je croyais mon ami : « Mes oreilles ne sont pas des poubelles, tu es comme ma belle-mère : tu veux dévider ta merde dans mes oreilles ;

c'est comme une fille qui, dans un cadre idyllique, me rejoindrait à la table du petit déjeuner, les cuisses ouvertes et dégoulinantes du sang de ses règles. C'est dégueulasse. Ce que tu veux me dire, je ne veux pas l'entendre. Ce que je ne veux pas entendre, je veux le lire. Ce que tu veux me dire, écris-le. Je te ferai publier chez Grasset. Écris-le-moi, je t'écouterai par écrit ». Faire ressortir que ce sont bien là des pensées folles, mais que je n'ai su les voir telles, et que je suis repartie encore plus seule et plus honteuse et coupable que je n'étais venue.
« Tu es bien mal entourée », me répétait Romain.

Norme sociale : pression pour vous contraindre à l'écriture. On ne se marie pas, on ne fait pas d'enfants, on fait des livres. Et encore, c'est bien le minimum, attendu qu'on fait des livres pour ensuite pouvoir, pense-t-on, faire des films. Loriot : « Le petit dernier », écrit-il dans la dédicace, en m'offrant son dernier livre.

Ai toujours admiré la vigueur de Mara, sa combativité, notamment amoureuse, son instinct de survie si solidement accroché.

« L'intelligence, c'est s'adapter ». Relier à « s'adapter à la norme du milieu, à ses exigences, à sa médiocrité ». Faire des variations sur le « milieu ». L'adaptation au milieu : une nécessité de toute survie, ici appliquée au milieu littéraire. Il faut qu'elle écrive pour en être, pour ne pas en crever. Montrer que, dans toute ma critique de son idée du « milieu », j'embrasse la logique que je suppose être la sienne, dans son ambition puis sa folie. Métaphores biologiques, darwiniennes : d'une part, l'adaptation au milieu, d'autre part, le « *struggle for life* », dont je dois

rappeler que c'est Éros (son amour pour Balbuzard) qui (seul ?) la stimule. Et vu qu'il faut être fou pour écrire, ainsi la nécessité d'écrire l'a rendue folle : elle s'adapte ! D'un autre côté, elle l'était sans doute déjà, mais d'une autre manière, qui n'empêchait pas notre amitié. Elle a dû se rendre folle pour les besoins de l'écriture, pour survivre dans le « milieu ».
Rien de grave, me suis-je dit, cela l'oblige à se développer, à progresser à marche forcée, c'est son côté « marche ou crève ».

Le problème, dans cette folie, c'est son nouveau rapport à moi. Son rapport, ou non-rapport à moi est lui-même devenu fou. Folle, mais de quelle façon ? Et, à mon endroit, de quelle nouvelle façon ?

Max : « J'ai vu Mara, elle devient étonnante. »
Soirée chez Vanneau. Son amie Violaine me dit : « Mara change, elle change énormément et à toute vitesse ».
Achille : « J'ai encore croisé ta copine dans une fête, elle m'amuse avec sa façon de vouloir exister sur l'échiquier parisien. »
Montrer que tous les témoignages sont spontanés, tant elle étonne, et que tous convergent. Mais tout cela ne me dit pas comment elle change, et je n'ai pas questionné. Laisser entendre que tout le monde la voit, et voit sa nouvelle vie, sauf moi (impression que j'ai eue).

Dans le coup de fil énervé (mais qui m'a donné l'occasion d'entendre sa voix, enfin une voix humaine dans le décours de ma solitude) : « Les vies divergent », m'a-t-elle dit. Moi : « Du jour au lendemain? ». Elle : « On vieillit, on a de plus en plus de choses à faire et de gens à voir, on a de plus en

plus de choses dans la tête, on a de moins en moins de temps ».
Faire qu'ensuite, en monologue intérieur, j'enchaîne sur les théories qui se multiplient dans sa tête, sur la place qu'elles prennent et le temps qu'il faut pour les produire puis en changer, voilà ce qui fait que l'on n'a plus le temps de voir ses proches, ai-je pensé, désabusée. Montrer, toutefois, que son propos ne manque pas de bon sens.
Depuis que l'amitié est, elle aussi, sujette à théories, il faut bien reconnaître que rien n'y va plus. Avant, c'était l'amour, en quoi on a tous des vies terriblement compliquées.

Livre de Balbuzard sur l'amitié, après son livre sur l'amour. Je paranoïe : il sera, comme le premier, impitoyable. Et comme Mara en aura suivi la genèse, peut-être dans leurs échanges y aura-t-elle pris quelque théorie impitoyable sur l'amitié, pour ne pas être en reste avec lui car, comme toujours, elle suit son maître, son seigneur, son amour. Et cela d'une manière totalement sincère, excessive comme son amour pour lui, fanatique. Elle fonce tout droit dans les théories de Balbuzard et les applique dans sa propre vie d'une manière radicale. Avec cette angoisse que lui en change, de théorie, et qu'elle se retrouve comme une idiote, par fidélité à ses théories à lui, seule et sans enfant, alors que lui pourra encore s'installer avec une fille et faire des enfants, s'il change d'idée. Elle les applique avec un zèle excessif. Quand, après la mort d'Éva, Balbuzard a beaucoup vu Mara, l'a épaulée, soutenue, a été là quand elle avait besoin d'aide (moi, idem, d'ailleurs, dormant avec elle à cause de ses terreurs nocturnes), elle s'est avisée qu'elle avait fait siennes ses théories sur l'amour, et qu'elle le trouvait presque infidèle à ses propres théorie, « Il me voit trop, ça ne colle pas, il est presque collant », c'est moi qui ai dû lui dire « Mais tu avais besoin de lui, c'est pour ça qu'il était si présent ». « N'empêche », elle répond, « ça ne colle pas avec ses théories de la distance amoureuse », etc.

De quelle nouvelle théorie de l'amitié de Balbuzard ai-je fait les frais ? Dans le dialogue des trois mecs, je brûle de le lui demander. Une gaffe ! On ne parle pas d'un livre quand il est encore au four.

Est-ce que ce sont les théories qui mettent en péril l'amitié, ou est-ce qu'il est besoin de produire des théories sur l'amitié parce que celle-ci pose intrinsèquement problème ? Comme le livre de Balbuzard est une satire sur l'amitié, celui de Mara, inévitablement aussi, portera sur l'amitié – ou l'amour, en tout cas, la rencontre. Parce qu'il faut que ce soit le même thème que Balbuzard. Nouvelles questions : jusqu'où les propres réflexions de Mara sur l'amitié, contrainte qu'elle se sent d'écrire un livre sur le même thème que lui, ont pu la conduire, de sorte que j'en ai fait les frais ?

Mara change de théorie comme de chemise – ma surprise, à Nantes, la première fois que je suis allée la voir : sa course au changement de vêtements. On traversait la ville plusieurs fois par jour : de l'appartement à la fac, de la fac à la maison, de la maison à la fac, encore de la fac à la maison, de la maison au restaurant, du restaurant à la maison, de la maison au bar, à chaque fois pour la seule nécessité de changer de tenue. Quelle énergie déployée !

Tout d'un coup, ma propre folie. Je commence à produire moi-même des théories en tous sens : celle des êtres vitaux, l'idée de dire « Merci d'exister », la survie, le *struggle for life* ; l'idée selon laquelle ce dont on crève, c'est du durcissement ou de l'excès des moyens de défense que notre folie a dû mettre en place ; la folie et la philo ; la folie et l'écriture.

26/10/08
Il faut saluer la bêtise quand elle arrive à son accomplissement.
Sa bêtise triomphante.

La guerre de Mara contre Balbuzard continuée par d'autres moyens : l'écriture, le *struggle for life* version écriture.
Idée que je ne souhaite pas à Mara de devenir comme ceux qu'elle prétend combattre.
Idée que je répugne à combattre, moi aussi, parce que, dans tout vrai combat, il faut se rendre semblable à ce que l'on combat. Et pour rien au monde je ne voudrais devenir comme toi, poulette.

Prendre à bras le corps la folie du monde.
Ah, le temps où je ne désespérais pas de raisonner les fous...

En arriver à cette évidence (une théorie de plus) que nous sommes de prodigieuses machines de guerre (sans quoi nos aïeux n'auraient pas survécu), mais que, et Dieu sait comme je suis moi-même aguerrie et donc armée, quand ces moyens de défenses viennent à manquer d'objet, sont désœuvrés, désemparés, restent inemployés, s'ennuient en un mot, alors ils trouvent à s'exprimer en devenant cela même qui nous met en danger. Il faut vivre dangereusement (Mara, elle, s'expose, elle a le « sens du danger »), pour ne pas laisser se retourner contre nous cet énorme dispositif de défense dont nous sommes armés.

À défaut d'une bonne guerre : le *fight club*, plonger dans la lutte, écrire.
Comment peut-elle être dupe ?

28/10/08
Se frotter à l'adversaire.
Se lever le matin seulement parce qu'on le doit, n'ennuyer personne, ne nuire à personne, cela ne suffit pas à faire une vie.

C'est Mara qui a raison, même si, comme toujours, cela s'exprime de la manière la plus grotesque, et toujours sous l'espèce de la coquetterie et de l'ambition les plus débridées. Bien voir que tout cela, coquetterie, ambition de pacotille et amour de Balbuzard, ne doit pas masquer cette vérité fondamentale, que ce dont il s'agit ici, c'est d'être du côté de la vie. Et pas de doute là-dessus, s'abstenir d'être fou, c'est se condamner à rester de l'autre côté, mais à bien y regarder et tout bien considéré, l'excès que revêt cette absence de folie, on en crève. L'absence de folie aussi est excessive. La folie : une défense pour ne pas crever, ou pour éviter Dieu sait quelle autre folie plus mortifère. À son tour, cette folie devient mortifère quand elle se solidifie, poids mort (résistance au mouvement, inertie, pulsion de mort), aussi le seul moyen d'en sortir est de vite quitter une folie pour une autre, il est vrai, peut-être, souvent plus conséquente (comme pour la drogue, il y a accoutumance à un degré de folie), il nous faut l'accentuer, puis au risque ici encore d'en éclater, en initier bientôt une autre, elle-même déjà excessive, sans quoi elle ne parviendrait pas à supplanter la première. Mara, sa folie évolue, s'amplifie, se multiplie et se diversifie, elle se surpasse. Ne pas changer de

folie, ou de connerie, c'est être mort. Il faut entrer gaillardement dans la folie (la sienne, du monde, des autres) sinon, tout bonnement, on en crève.
Ne pas non plus croire que leur folie à tous évacue le risque de la mort.

Vanité, prétention, orgueil, que de prétendre s'abstraire de la folie du monde.
Arriver à cette conclusion qu'on ne peut pas être raisonnablement raisonnable.

Aller voir chez les philosophes, même allusivement, pour dire en quoi leur philo était folie.
Voir aussi comment certains philosophes (Pascal, Sénèque, même Platon) font place à la folie elle-même.
Comment avais-je pu ne pas le voir ? Comment ne l'ai-je pas vu plus tôt ?

Me surprendre moi-même, monologuant, à produire des théories (fumeuses) ou même des embryons de théories. Voir à quel point c'est d'une facilité déconcertante. C'est bien le signe que je déraille complètement. Preuve que je deviens folle : je me mets à produire des théories à tout-va.

Parmi les excuses (saugrenues, voire irrecevables) qu'on peut trouver au comportement de Mara à mon égard : elle a peut-être besoin de marquer son indépendance par rapport à moi, de prendre le large.

Après l'épisode Moineau : elle merde, je me dis, elle merde, mais je ne sais pas en quoi. Mais ce n'est pas grave, ça passera. Optimisme amical chez moi.

Effet domino (un fou engendre beaucoup de fous, beaucoup de fous engendrent la folie), et c'est moi le terme de cette petite chaîne, la caisse de résonance. Signe que les folies interagissent, signe qu'il y a de la vie.

Autrefois : ses collections, et sa domination sociale. Faire le lien, ou faire qu'il soit fait par le lecteur : avec Émile, elle a ajouté à sa collection de garçons une nouvelle personne.
Collection exclusive. Déjà elle raffolait de l'exclusivité à l'époque des mini-Barbie ou des billes de bains. Amener thème des collections avec l'épisode Émile, ou bien avant, mais dans ce cas, y faire aussi écho à ce moment-là. Un garçon de plus dans sa collection, alors que moi, j'ai besoin d'êtres vitaux. Elle me prend un être vital de survie (possible).

Ses copines pitoyables. Elle, chef de groupe. Supporte qu'Anne Mouycol se suicide pour elle, et quand elle l'emmène quelque part, elle l'appelle « Mollecouille », tout en n'ayant pas d'autre discours que de faire son éloge, comme chez Axel.

Les anniversaires. Présenter l'oubli de mon anniversaire comme un signe, rétrospectivement. Autrefois : courrier, appel, cadeau (même à distance). Elle m'appelait tôt le matin pour être la première à m'appeler, la première, aussi, à y avoir pensé. Son côté déléguée de classe persistant ; chien de berger qui réunit infatigablement la petite troupe, le noyau dur des Vendéens. Préciser que si je continuais à aller dans les fêtes malgré un certain scepticisme, et aussi la fatigue, c'était grâce à elle, car elle était tellement motivée pour y aller que je me faisais un devoir de l'inviter et donc de l'y accompagner, d'y aller moi-même.

Application, effort, mérite, crispation : Mara.

Besoin, ou pas, d'écrire cette farce à elle adressée ? Son comportement actuel influera sur le contenu de la farce. Sauver l'amitié, ou l'enterrer... Mais sans doute, antennes télépathiques obligent, le contenu même de la farce influera-t-il sur son comportement. Vertu magique et incantatoire de l'écriture. Faire être ce que l'on écrit. Reconquérir Mara. Ou à défaut, au moins, cette farce sera une grande baffe pour qu'elle se souvienne que j'existe.

Ici, à Paris, ce n'est pas la croissance des enfants qui mesure le temps, mais les livres parus.

Montrer que Mara est entrée dans un délire de puissance. Cf., au téléphone, pendant l'épisode Émile : « Ne me crains pas ».
À Émile, mathématicien, célibataire parce que tout frais revenu des États-Unis, et alors qu'un instinct inédit m'avait recommandé de ne pas le lui présenter, elle parle longuement de ce qu'elle écrit, de sa théorie de la « femme facteur commun » (*sic*), et de l'utilité, pourquoi pas ? d'approfondir ce concept avec lui. Ici, mais, plutôt, ailleurs. Et voilà que le grappin est mis sur le garçon. Comme c'est le seul garçon potable – et même, disons-le, charmant –, de la soirée, elle n'a pas tardé à partir en sa compagnie (moi qui l'avais invitée à cette fête en me disant, au moins, comme ça, je la verrai un peu. Moi, maintenant, à cause de cette « femme facteur commun », mais surtout du grappin, je dissimule un rictus de douleur et d'effarement, elle me pique mon possible nouvel être vital, mais elle, elle se contente de dire : « Tu te moques »...).

Mon délire de grandeur n'est pas moindre : celui de la sainteté ascétique, jointe à la pire lucidité sur la vanité de l'existence.

Christian : « Tu es une sainte, je t'ai toujours admirée, tu es une sainte moderne. » Moi, agacée. Il insiste. Moi : « Ne me flatte pas, tu me gênes », alors que j'ai envie de le prendre par le col et de le secouer et lui faire cracher tout son héritage chrétien, à ce prétendu marxiste.

Deuxième épisode, proche dans le temps du précédent : Gerbert qui m'appelle « la Civilisatrice », parce que je mène le combat contre la barbarie fasciste islamique dans les banlieues. Or, elle n'en peut plus, la civilisatrice. J'en suis malade, de ce combat.
Et lui qui, en disant cela, croit sans doute me faire plaisir !
Rien de plus chiant, de moins sexy, et surtout, de moins viable, que la sainteté.

Mara : la fille la moins catholique que je connaisse. Ce pour quoi je l'ai toujours admirée.
Je l'ai admirée aussi pour ce cri formidable à la gare Montparnasse, avec Balbuzard. Qualifier le cri de Montparnasse de « elle a eu ce geste superbe ».

Le vain combat. Dans quel vain combat elle se démène, comment peut-elle être dupe ?

Raison, entre autres, du pétage de plomb, outre la solitude et le souvenir de Wilhelm : pendant un an en disponibilité, je ne suis pas sur le front, au travail au lycée des Mureaux, et faute de combat, mort des combattants.

Idée, encore, que l'on ne peut tenir, vivre, que dans l'adversité, dans la lutte. Disponibilité signifie absence de lutte.

Pendant ma disponibilité : présenter le retour aux livres à la manière d'un combat ? (Heidegger).
Signe du calme perdu : mon mode de lecture, impatient et insatisfaisant. Panique.
Arrive un âge où absorber les livres des autres n'est pas suffisant.

29/10/08
Mon calme proverbial et l'idéal ascétique qui est censé être le mien : faire sentir que je suis arrivée au bout de tout cela, au point de rupture, d'impatience.

Le questionnaire Bouillier / Calle : « Qu'est-ce qui vous fait vous lever le matin ? » (question 1). Réponse : « TU DOIS ». C'est pourquoi je n'ai pas voulu le remplir.

Soit Mara en a enfin fini avec son rôle prolongé de déléguée de classe, soit, et c'est le plus probable, je me retrouve du jour au lendemain exclue de sa classe. Nul doute, la connaissant, qu'elle continue à se démener quelque part avec ses nouvelles fréquentations, façon déléguée de classe. Pour les anniversaires, par exemple. Énergie plutôt rare dans l'Éducation Nationale.

Faire un lien aussi avec le thème de l'euphorie des lectures : c'est là qu'il faut caser Grimpereau et son petit roman jubilatoire. Cela commençait pourtant bien, pour moi, cette année de dispo. Ensuite, montrer comment la lecture se gâte, panique et devient folle.

Possible de parler, comme fait ma mère, des livres comme de personnes, ou bien caser quelques-unes de ses phrases suspectes à leur propos.

Créer un lien entre « de l'autre côté de la vie » (ascétisme mortifère) et « de l'autre côté de la porte » (Balbuzard).

Folie, le risque ; folie, l'absence de risque aussi.

Mots d'Édith : « Tu es anormalement normale ». C'est parce qu'elle ignore ma seule folie, ma folie Wilhelm et le fait d'avoir voulu tirer un trait autrefois sur cet amour, d'avoir espéré l'oublier.

Raphaël, que sa passion rend fou : il prend vie, il grandit et devient très beau. S'offre le luxe de devenir fou sur mon compte. Lui ! Membre du seul couple stable que je connaisse ! Heideggerien ! Le plus posé, le plus raisonnable, le moins amusant aussi. La dernière personne susceptible de... Le seul couple qui dure mais, il est vrai, si ennuyeux... La folie transforme le garçon. Dans l'épilogue (possiblement présenté comme plan de l'écriture de la farce), annoncer la suite de la vie de mes personnages, dont la saga de l'infidélité de Raphaël. Possible ajout fictif : il essaye d'écrire l'histoire d'un homme à qui tout a réussi et qui, amoureux d'une femme dépressive, essaye de tomber en dépression pour se rapprocher de sa maîtresse.

Invective à Wilhelm, à propos de la folie du monde. À Wilhelm, le moine, l'heideggerien dans sa tanière : « Tu n'es pas moins fou que les autres ! »
Quelle place faire à Wilhelm ? Au dévoilement partiel ? Au point aveugle ?

Lien entre Wilhelm et l'interdit d'écrire.
Folie d'Agathe, lorsqu'elle me conseille : « Écris-lui ».
Mes pensées folles, il est vrai, éternellement circonscrites à Wilhelm. Cf. les aigres réflexions pseudo-charitables de Louise de l'Estran : « Tiens, tu es encore en vie ? Je pensais qu'on en mourait, d'un amour comme ça. Dans les livres, on en mourait, avant ». (Cf. Mara : « la morte amoureuse, c'est toi »). Un autre jour encore, Louise de l'Estran : « Tu es en couple ? Ah, je ne pensais pas que ce serait possible, après un amour comme ça ! ».
Harcèlement et insistance d'Agathe l'insensée qui ose me dire : « Tu n'as pas compris sa douleur, tu n'as pas compris sa folie ». J'aurais dû lui répondre « Pauvre idiote, c'est toi qui n'as pas compris que c'est moi, sa douleur, moi, sa folie... ». J'aurais dû lui en coller une, lui arracher les yeux. Et c'est Marielle, qui ignorante de l'histoire mais qui en devinait assez, voulait la frapper, m'en débarrasser. (N. B. : dans la fiction, possible de remplacer Marielle par Mara ?).

Comment j'en suis venue à des pensées folles et vengeresses.

Folie : mon père ; folie : ma mère ; folie, mes aïeux : citer leur nom caractéristique, Follet, et trouver d'autres noms semblables qui ne soient pas le leur, Berdin, Bargeaud, etc., mais où l'on entende « fou »). Convenir que les folies familiales étaient en fait l'arbre qui cache la forêt. C'est tout le monde qui est fou.

Dans la farce, faire des groupes bien identifiés : les Heideggeriens, les Esthétisants, les Parisiens, les Vendéens, les Écrivains.

1/11/08

Idée que le lien fondamental entre Mara et moi, à mes yeux, outre le fait d'avoir poli ensemble les bancs de la même école, c'est que nous sommes des amoureuses furieuses et désespérées.

Ma culpabilité d'amie pleureuse, où je m'exhorte, si d'aventure je ne pouvais jamais sortir des larmes, à pleurer sur autre chose, ou sur rien, mais en tout cas sur quelque chose qui n'ait rien à voir avec elle.
Mais cela supposerait un effort de sa part pour reconnaître qu'elle a été minable avec moi. Lui donner une occasion de m'empêcher de pleurer pendant toute une vie sur la fin d'une amitié, lui donner une occasion de grandeur, d'un acte lourd et beau qui me sauve. Qu'elle reconnaisse ce mal et qu'elle le répare par un bien, plus fort que le premier. Mais voilà, le problème, c'est qu'elle n'en a pas le temps, cela ne va pas dans sa course au phallus brillant. Dieu sait combien d'heures cela pourrait lui prendre...

3ème CARNET, ORANGE

Expression « rendre fou » : en décliner tous les sens possibles.
Ex. : Emma, me demandant si Balbuzard n'est pas amoureux de moi, dit « Il n'y a que ce mec qui puisse rendre Mara folle ».
Mara : pourrait achever de me rendre folle, avec ses mensonges.
Amitié folle ; il y a de la folie dans l'amitié comme dans tout le reste. Aller chercher du côté des moralistes, type La Rochefoucault ou Chamfort.

Une bonne guerre me ferait du bien. Cf. Loriot : « Ta douceur a pour regrettable corollaire un manque de combativité. » Pour Mara, user de métaphore militaire et de la conquête ; faire un parallèle avec *Le Rouge et le Noir*.

Mara et la boxe : intégrer ça dans le passage sur l'éloignement. À la fin : aller au baston, « sauter dans la rangée des assassins » (et non pas le contraire, comme le voulait Kafka). Convenir que, s'il y a bien des façons de mourir et même d'être mort, il y a bien des façons d'assassiner : par la plume aussi bien. On ira au baston, au baston, on filera des coups, prendra des gnons, mais, j'enjoins Mara, franc jeu (et coudées franches ?), de se serrer les coudes avec moi.

Quelle nouvelle théorie se cache derrière son comportement ? Quelle folie se cache derrière une autre ?
Que le lecteur ne sache pas, à l'égard de Mara, tout au long du texte, sur quel pied danser.

Dans la série « Tous écrivent », ma psy : « Il faudrait tout de même que vous me parliez de ce manuscrit. » Alors que je n'ai pas même pensé encore à écrire, j'ai plutôt une névrose de non-écriture, d'empêchement. Et que je n'ai livré aucun indice, aucun manuscrit, ou empêchement. De là, que je pronostique : « Elle me reçoit, cette année de disponibilité, gratuitement et elle suppose que j'écris ; c'est mauvais signe, un mauvais pronostic pour ma santé mentale. Elle ne donne pas cher de ma peau. »

Écrire, c'est mettre à plat (quelque chose, quelqu'un), *neutraliser*, comme disent les militaires.

2/11/08

Le secret de l'écriture : savoir écrire vite ou penser lentement, tenir une idée fixe des mois durant, la ramifier, en explorer tous les recoins, bref, aménager la niche.

Dépression et gouffres sont aussi des manières de tourbillonner. Même si ce n'était pas le tourbillon de moi attendu. N'avais aucune idée précise du tourbillon. Tourbillons, trublions, brouilles et autres font partie intégrante de l'amitié. Vocabulaire militaire et de la vitesse. Mara me « prend de court » au téléphone. Par rafales. Lame de fond, tourbillon, vague scélérate.

Mara, petit monstre innocent, aveugle et sourd.
L'on pourrait crever la gueule ouverte qu'elle ne s'en rendrait pas compte. Inattention. Il faudrait que son regard, ou son esprit s'arrête. Trop pressée. Plus tard, elle a eu son accident par inattention.

Les êtres vitaux. Elle me dit : « On ne parle pas de ça à quelqu'un dont la meilleure amie s'est suicidée ». Je lui réponds : « Rien à voir, ce n'est pas la même histoire ».
Elle me dit : « En ce moment, je m'en prends plein la gueule, de tous les côtés (les collègues qui la harcèlent, Balbuzard, Anne Mollecouille qui ne va pas bien, gobant ses cachets suicidaires en direct au téléphone, sa sœur Nadine qui évoque le suicide...), alors, ne me me parle pas d'êtres vitaux ».
Je réponds que c'est le pluriel, justement, qui est important. Ce sont des êtres dont l'existence vous importe, et quand ils meurent ou si on les perd, on perd de sa puissance d'être, on s'amenuise. Et quand on les voit, on gagne en joie. Quand je

pense aux êtres vitaux, ce n'est pas de la mort que j'ai peur, c'est des formes diminuées de l'existence.
Elle me dit : « On ne dépend de personne. Sauf, à la rigueur, de sa mère ».
Moi : « Je ne parle pas de ce lien-là, justement ».
Ce n'est pas parce qu'on n'a pas un lien vital avec quelqu'un que sa vie ne compte pas pour nous.

Constater plus tard que, alors même que j'ai deux êtres vitaux, je ne suis pas tirée d'affaire pour autant.

Elle, plus tard : « Je ne suis pas comme tu dis, je m'occupe d'Anne (qui a pris rendez-vous chez le psy tout en avalant ses cachets) et je m'occupe de ma sœur. »

Lui ai répondu (dans une autre conversation que la toute précédente) : « Tu as raison, si chez moi cet état se reproduit, il faudrait qu'Emma ou toi me disiez, de la même façon, de me faire soigner. »
Elle « s'occupe de ». Moi : pas d'aide, pas d'assistance, besoin de personne. Je lui dis : « La première fois que ça m'est arrivé (j'avais vingt-cinq ans, ma première dépression), tu étais à Saumur, je ne t'ai pas demandé de t'occuper de moi et tu ne l'as pas fait, mais au moins tu étais là, tu étais mon amie. Mais cette fois, non. »

Peur de crever. Quand elle dit : « Il aurait fallu m'appeler au secours », moi, je n'appelle au secours que lorsque ça ne va vraiment pas. (Plus loin, dans le texte, elle se contredira et reconnaîtra : « Je me cache »). Moi, je réponds : « Personne à ce moment-là n'aurait pu changer quoi que ce soit ». Et puis, moi, je n'appelle pas au secours. Et surtout pas Mara, puisque, quand je l'appelais pour la vie courante, elle n'était déjà plus là : difficultés à la joindre et à lui parler. Et je ne demande pas que l'on s'occupe de moi ou que l'on m'aide, je veux juste qu'on *soit* mon ami(e).

Sur les « êtres vitaux » : Romain parle d'amputation. Après notre séparation, il est tout amenuisé, mais guéri (espère-t-il, c'est à vérifier).

Quand j'étais aux prises avec cet effroi de crever, pas loin de crever, ce n'était en rien par rapport à elle. Mégalo, elle s'est imaginée être mon être vital. Erreur. Les êtres vitaux vous regonflent, vous rechargent les batteries, sont joie, gain d'être.

Sans doute essaie-t-elle de se démontrer à elle-même qu'elle est l'amie parfaite, l'amie prodigieuse.

Mara : « Et toi, pendant ma dispo, qu'est-ce que tu as fait pour moi ? (sa dispo a été un cauchemar : à Paris, on ne se souciait pas d'elle). Moi : « Mais je suis venue te voir ». D'elle, un silence (elle comprenait de travers), puis : « On arrête. Oublie ce que je viens de te dire ». Peut-être n'avait-elle tout simplement pas compris le genre de chose que j'attendais d'elle : qu'elle reste mon amie.

Insister sur les quiproquos et malentendus, pour montrer l'absence totale de communication.

Tourbillon,
être dans le vent,
là où ça se passe,
parmi les gens qui *font*,
être à la page.

Vanité que toute cette petite ambition, tourbillon de feuilles mortes.

Elle n'a donc pas compris que, toujours, c'est la marge qui fait avancer la page ?

Mara : marcher, être dans le sens de la marche, suivre Balbuzard, toujours, son spectre adoré. La marche précipitée de Mara, buste penché en avant, dans un point de déséquilibre et de chute constant, bras droit écarté pour assurer son équilibre, sac à main au bout du bras. Interpréter de façon délirante ce qu'elle me dit : « Je te suis depuis longtemps, ce n'est pas à moi de te suivre » (« Je te suis », interprété par moi comme « Je suis toi »).

En arriver à me demander s'il me faut lire les bouquins de ses nouveaux amis pour savoir ce qu'elle peut bien avoir en tête.

Dans mon texte, l'appeler de temps en temps, comme on fait en patois vendéen, « drôlesse », ou « la drôlesse », affectueusement. Ma chère drôlesse. Et parce que, déjà, adolescente, elle avait le sens du cocasse.

Mara, comme personnage : veut toujours se donner le beau rôle. Réécrire l'histoire. Imagination arrangeante, ou mensonge avoué. Personnage bien campé. Traits marqués de son caractère. Qu'on ne sache pas si c'est moi qui campe le personnage, ou si c'est le personnage lui-même qui est solidement campé.
N'a pas l'air de vouloir du rôle de la salope magnifique. Peut-être acceptera-t-elle celui de la salope au grand cœur. Lui proposer ce rôle, et aussi de réparer.

Dans la rue, au pas de charge
au pas de course
elle trotte
marche cassée par les hauts talons, marche rapide toujours un peu forcée.

Elle lâche : « Mon frère (N. B. : un garçon de dix-huit ans à peine), je ne sais pas si je vais continuer à le voir. Il n'est *pas intéressant*. Ma mère, elle n'est *pas intéressante* ».

Pour se défendre d'intellectualisme, elle dit : « Je n'ai pas que des amis intellectuels, j'ai Arielle » (la niaise de service, caution de son humanité).

Moineau : travailler les noms d'oiseaux des personnages.
Appeler Moineau Poussin ? Pigeon ? Ou autrement ? Pigeon serait peut-être meilleur parce qu'a aussi le sens de poire.

Ma dispo : étonnement devant la solitude, année expérimentale de mutisme. Les livres ? Des amis morts. Je préfère voir des amis vivants.

Après mon pétage de plombs devant le Tribunal littéraire, isolement, enfermement, se cacher sous terre. Honte de mon été. Puis marcher, sortir, voyager coûte que coûte, avec les personnes adéquates, celles qui sont capables de me voir dans cet état, de le supporter parce qu'elles sont passées par là (Grischa, Justine).
Titre possible : *Folle d'elle*.

Effet d'accélération sur la fin pour montrer que ce sont les folies qui se succèdent et se multiplient chez elle à toute vitesse, à vitesse grand V, mais aussi chez moi.

Elle n'a pas le sens de la contradiction : lui dire fermement (à la fin) qu'il y a urgence à ce qu'elle change de folie.
Santé : équilibre entre grandes folies, ou entre multiples petites folies qui se compensent, mais quand ces folies prolifèrent et se spécialisent, ou quand une folie particulière atteint une croissance déréglée et devient gigantesque, alors c'est vraiment la fin de la santé mentale, alors c'est mortifère.

Nous sommes tous réduits à un enchevêtrement de choses folles.
Loriot et son rêve gluant. L'appliquer, version culpabilisée, à Mara et à moi, et montrer que je suis honteuse de l'avoir intégrée dans ce rêve gluant où, plus on se débat pour en sortir, plus on est pris.

Sur « Tous fous » (mais aussi tous écrivent, et tous vivent) : mon goût pour la folie des autres, à commencer par celle de mes propres amis. Alors que je me suis toujours imposé une extrême rigueur à l'encontre de toute folie de ma part.
La banalisation du mot folie dans le langage. Picaza et son « Tu fais des choses folles, quand même ? ».
Fou amoureux. Faire un mal fou. Cela m'a fait un bien fou. Banalisation abusive ou omniprésence, – peut-être évidente, mais je ne la voyais pas –, de la folie ? Voir Érasme : parle-il de la folie amicale ? Est-ce que l'amitié aussi relève de la folie ? Moi, je privilégiais la philosophie et la *philia*, pensant que ni l'une ni l'autre n'étaient sujettes à folie.
Est-ce qu'il faut s'abstenir, aussi, d'avoir des amis ?

« Compter » : elle a compté dix heures. Moi, il y a longtemps que je n'en suis plus à compter les nuits blanches, les jours et maintenant les semaines et les mois sans parler à personne, et plus tard, les mois dans les larmes, Plus tard : peur de l'appeler, de la voir, peur qu'elle compte les minutes et les porte à mon addition (mon addiction), les ajoute sur mon ardoise. Je suis surnuméraire.

La folie : la *mania* qui inspire.

Équilibre : le corps et l'homéostasie. La santé n'est pas absence de maladies, mais capacité à les surmonter, à s'en défaire, ou bien à faire que toutes les micromaladies du corps n'en soient pas, parce qu'intégrées à son équilibre en mouvement, à son équilibre d'ensemble. On plaide bien « la folie passagère », et « les folies », termes qui s'opposent à la notion durable de santé mentale. De multiples et petites folies qui n'ont pas le temps de s'installer, ou que l'esprit résorbe, et que la raison n'a peut-être même pas besoin de combattre. Comprendre que la raison ne peut rien contre la folie n'est pas ce qui peut combattre la folie – sauf, peut-être, à se rendre folle elle-même, semblable à ce qu'elle combat. On combat la plume au poing. Combat pour la vie. Ou bien la raison consiste-t-elle en cet équilibre entre toute ces petites folies ? Ou en la puissance qui les régule et les équilibre ? Équilibre le plus ordinaire, certes, mais aussi le plus précaire ? La folie-maladie commence quand le sujet ne peut plus résorber une folie qui vit, croît et se développe, voire se ramifie, à l'exclusion des autres et au péril de l'ensemble.

De plus en plus de théories dans la tête, de plus en plus de folies dans la tête. Ton personnage vit et se développe, il enfle, il croît, il devient énorme ; et moi, de me culpabiliser (si la farce est présentée comme fiction, me culpabiliser de telles imaginations, car c'est moi qui écris l'histoire) : ton personnage m'échappe, il me déborde, je ne le maîtrise plus. Quand tu mens, il me déborde, me dégoûte, il est trop laid.

C'est elle-même qui a dit : « On a de plus en plus de théories dans la tête, c'est-à-dire de folies dans la tête. »

Aller dans son sens, « Tu ne sais pas à quel point tu as raison ». Moi, devenant une pierre : décroissance, lenteur, extinction des forces, pulsion de mort ; elle, affirmation narcissique, triomphe, croissance, pulsion de vie.
Et tout ça au moment où il semblait possible, enfin, de s'entendre toutes les deux (parce qu'elle cessait d'être bête).

Je ne demande qu'une chose, c'est qu'elle arrête de me nier. Jouer franc jeu (dans le combat) et pas double jeu.

La « bonne guerre » : il va falloir attendre la prochaine rentrée scolaire, une bonne guerre me ferait du bien, une bonne guerre, ou une rentrée scolaire.

Est folie tout ce qui ne nous tient pas dans le milieu tranquille de la vie qui s'écoule.

Ma folie : bord de l'abîme ; Mara : toujours sur le point de se rompre (ensuite, elle s'est « rompu le cou »).

Être en folie vaut pour être en vie (arriver à poser cette équation).
Admettre que c'est un petit peu de ceci et aussi de cela, et que l'on n'y comprendra rien, au bout du compte, parce que c'est la vie elle-même qui est folle et confuse, la vie qui ne se laisse pas réduire à des alternatives contradictoires.
Idée que je le vis mal parce que je ne le comprends pas, puis

finir par admettre qu'il ne faut pas chercher à comprendre parce qu'il n'y a rien à comprendre, rien qui ait du sens, la vie ne se plie pas à l'entendement ; défaite de la raison, de la philosophie ; la vie dépasse tout ce que l'on pourrait vouloir en comprendre. Se lamenter de cet état de chose, moi qui ai toujours joui jusque-là d'une pensée claire.

Emma : « Fais ton deuil de tout ça, sois capable de voir Mara en compagnie des Vendéens, mais juste comme un fantôme de ta vie passée » ; puis elle ajoute « Mais je ne crois pas qu'elle s'en fiche : son menton tremble ».

Amis : on se modifie l'un l'autre, on échange, on s'échange de l'être, on interagit. On est un peu l'autre, sans quoi il n'y a aucun moyen de s'entendre. Ruine du principe d'identité. Je suis toi et je ne suis pas toi.

5/11/08

Écrire quelqu'un ou à quelqu'un, écrire aux absents, rendre absents ceux sur qui l'on écrit, ainsi on s'en débarrasse.

C'est le dialogue aussi qui se poursuit, mais, sur le mode fou et solitaire de l'écriture.

Anéantir quelqu'un au profit de son double d'écriture.

Dialoguer avec le double.

Écrire quelqu'un, s'en débarrasser, tourner la page, faire son deuil.

On écrit aux amis absents. Plutôt écrire sur les amis absents, pour les voir par la fiction, à défaut d'autre chose.

Anéantir quelqu'un par l'écriture : Cf. le « Je vais en crever » de Mara, après l'histoire avec Balbuzard.

Le dialogue continue mais d'une autre manière. Étape violente.

Fin d'une étape dans la relation : avoir des nouvelles de ses amis seulement par la presse ou la radio !

Le motif de la pierre (trop loin du reste de la farce ?). Mort, rigidité : « Je suis belle, ô mortels comme un rêve de pierre », besoin de me prouver que cette phrase existe, de la lire sur une page. Revoir *La Tentation de saint Antoine*. Parler ou pas à la pierre ? Parler *de* la pierre, c'est la solution. Dépression, pesanteur du corps, corps de pierre. À l'opposé du tourbillon. Marcher, remuer les jambes, remuer pour combattre la pierre.
Se rigidifier dans une seule et même folie : voilà le risque. Changer de folie, c'est la recette de la santé. « Souvent folie varie ».

Souligner que je comprend que Mara est folle, vraiment, à un moment où la farce est presque entièrement écrite et consiste en un éloge de la folie.

Folie rigidifiée : du côté de la mort, de la pierre. Quand folie varie, il y a de la vie. Il y va de ma vie de changer de folie. Mara, mon amie, je « te suis » ! Je te rejoins dans le tourbillon, dans la folie générale.

Dialogue avec les spectres :
Balbuzard : – Le fou tourne en rond dans sa boucle.
Marine : – L'écrivain boucle la boucle, il la referme, il l'enclot dans un livre, et passe à une autre boucle, à l'amitié, par exemple, après l'amour.

En boucle. « Se la boucler », pour dire « se taire », aussi. Possible injonction du personnage de Marine à elle-même de se taire ?

L'âme, ça se règle. En arriver à l'idée que c'est la folie qui est la règle, qui règle tout, à commencer par les rapports amicaux.

Fight club, oui, mais dans les règles, les bonnes règles, les règles de l'art. Mais les règles de l'art ont l'air de complètement s'émanciper du *fair play* usuel, des règles de la morale la plus commune. Affirmer cela comme une évidence, que par écrit via la fiction tout est permis.

Le milieu littéraire : la nef des fous, naufrage de la raison.

6/11/08
Mara ne cesse de compter : dans la fiction, les mecs qui veulent coucher avec elle, et dans la vie réelle, les heures à moi consacrées, ou les coups qu'elle reçoit ; approche comptable du problème. Moi, je suis surnuméraire, je ne compte pas, aux deux sens du mot. Passage à l'acte : commencer à compter, rendre coup pour coup.

Ambitions de Mara : catalogue La Redoute, course d'excellence avec sa fratrie, ordre de préférence du père : moins aimée par son père que sa sœur Nadine, car moins brillante que celle-ci.

Folie aussi, celle de mes amis qui font des enfants par les temps qui courent.

Écriture : on dit « Ça va mieux en le disant », ici, ça va mieux en l'écrivant.

Folie, au sens d'amusement. Pendant le délire du personnage de Marine, jouer sur ce sens et faire cette remarque qu'il y a longtemps que je ne m'étais pas tant amusée. On s'amuse comme on peut.

Relire *Clémence Picot*, de Régis Jauffret.

Mara toujours aussi scolaire ; avant, le prytanée du conseil de classe, être là où ça se passe.
Métaphores scolaires. Les courriers que m'envoyait Mara à propos de ses bulletins, mais surtout ses notes-pronostics : « Si j'ai 14 au prochain devoir et si la prof met un coefficient 2, alors, j'aurai 12 de moyenne », etc.
Dans l'enseignement, pendant dix ans, elle doit faire ses preuves, puis l'agrégation interne.
Et quand elle s'imagine que je dis d'elle qu'elle est une salope sans cœur : « Je mérite mieux, quand même ! ». Sauf que je ne l'avais pas dit ni même encore pensé.
Développer la scène avec Moineau, dans la voiture, au retour de cette fête où je les avais emmenés : « Mara dit que, quand, comme c'est son cas, on n'a plus de cœur, il ne reste que l'ambition », « Tais-toi ! », elle lui fait.
Quand Vanneau la veut pour *La Revue* et que Balbuzard s'y oppose, elle proclame : « J'en suis capable ! J'ai le niveau ! »
Application besogneuse – ce que j'admire –, de la même façon qu'elle a toujours été une amie extrêmement appliquée, qu'elle était très appliquée en amitié, en déléguée de classe continuée.

Folie amicale ; noircir mon propre personnage, culpabilisation, penser que ma folie à moi est fort peu amicale, et que c'est moi qui, en écrivant la farce, trahis.

9/11/08

Bien établir la façon dont Raphaël est devenu pour moi un être vital ; ça m'a regonflée en même temps que culpabilisée. Tombe à point nommé, CNRS, Heidegger, père, prêt à tout foutre en l'air, Camille et la Sainte Mère Église ; son projet d'existence : être un salaud magnifique, comme son père.
Le rôle du salaud ou de la salope sera toujours plus sexy et plus glorieux que celui de la victime, car les hommes sont fascinés par la violence, fondamentalement admiratifs.

Fin de la farce : crescendo des folies qui se bousculent et se multiplient. Marquer l'opposition des folies de Mara avec les miennes : ambition / abstention ; revivre, recommencer à vivre / folie de me nier moi-même, dépression, sentiment d'abandon de sa part, puis sentiment d'abandon généralisé ; exultation narcissique / auto-dépréciation ; réinvention de l'histoire / ou réalisme. Ce sont nos folies qui divergent.

Je l'enjoins : « Stop, nous allons y laisser trop de plumes » (toujours développer métaphore des oiseaux).

Écriture de la farce : course contre la montre, car la farce sera obsolète avant même d'être écrite, tellement il se passe de choses dans la vie de Mara, dans la vie des autres, et si rapidement.
Car l'amitié (ou la vie ?) aura repris ses droits avant que j'aie seulement pu écrire les premières pages de cette farce. Repris ses droits de la façon le plus naturelle du monde.
« Tu veux voir le dernier Woody Allen ? », elle demandera.
La vie aura repris ses droits, encore une fois la réalité aura dépassé la fiction, pris le dessus sur la fiction. L'écriture, la fiction, est ou sera toujours en retard d'une guerre.

Nouvelle folie : reprendre l'amitié et le dialogue là où on l'avait interrompu, comme si de rien n'était. Tout cela n'aura été qu'un mauvais rêve.

Être à la page, là où ça se passe ; tourner la page.

Finir par convenir de cette évidence, que la dépression est folie.

Autour du personnage de Mara

Reprendre l'idée, à propos des personnes rencontrées dans la vie courante que je « n'aime pas leur texte », et dire à propos de Mara : « Je n'aime pas son / ton texte ». Convenir que le mien aussi est épouvantable. Comment changer de texte ? De disque, plutôt, pour ma part.
Mara et ses mensonges : elle a mal « appris son texte » (elle se contredit) ; et aussi, quand elle réécrit l'histoire, son personnage change de texte en cours de route.
Pendant que j'écris la farce, faire que je lui demande : « Est-ce que ton texte te convient ? »
Je comprends qu'elle éprouve le besoin de changer de texte, mais encore une fois, tout est dans la manière.
Moi : « Tu n'as pas le droit de le retoucher, il est déjà écrit. »
Il ne tient qu'à elle, maintenant d'en changer le registre.
Elle « retouche » le texte (dans ses mensonges à Emma) parce que son image, ou encore son personnage, ne lui convient pas. Son image, supposée à tort en danger, compte plus pour elle que mon état malheureux, ma mise réelle en danger.
Faire que la narratrice oscille entre la culpabilité d'être pour quelque chose dans un tel texte, avec le rôle épouvantable

dévolu à son amie, et le constat perplexe d'être dépassée par les excès, l'ampleur des dégâts et aussi par l'invraisemblance du texte imposé par la réalité de son amie.

On ne choisit pas ses amis, on ne choisit pas son matériau.

Nécessaire écriture de la farce, parce que je ne laisserai pas Mara réécrire cette histoire. Sentiment d'injustice insupportable : ce sont les vainqueurs qui écrivent l'histoire, cf. le révisionnisme. Ne pas la laisser faire. Qu'elle assume : après tout, c'est elle qui a choisi son texte.

30/11/2008
Janov, ou quelqu'un d'autre, dans Hardy : « Nous défendons nos idées parce qu'elles nous défendent ».

Ne pas oublier, dans le passage sur le « tous écrivent », quand se produit l'explication au concert de Petrovski qu'elle a un moment de distraction, et la première chose qu'elle dit, c'est : « Il y a de quoi faire un livre », ou : « Tiens, ça ferait un sujet de roman ».

Parmi mes accès de culpabilité : idée que si j'avais été en forme, j'aurais pris acte plus tôt de son comportement, et j'aurais su mieux et plus tôt me défendre, ainsi je l'aurais vite sortie de ces nouvelles dispositions et l'amitié aurait été sauve. Battre ma coulpe : « Si je n'avais pas été célibataire, si je n'avais pas eu un an de disponibilité », etc.
Emma : « Tu sais, tout ça ne l'a pas beaucoup préoccupée, des contentieux comme elle en a avec toi, elle en a plein en même temps, elle en a sur tous les fronts ».
Comme issue à cette histoire : mentionner ses contentieux divers, ses désirs vengeurs, ses projets de procès multiples,

et le fait qu'elle a constamment à la bouche « son avocate » (j'exagère, et puis cette période n'a pas duré longtemps).

Mise en péril du principe de contradiction, puis convenir que Mara est folle, d'où conclure qu'il n'y a rien à comprendre, inutile donc de chercher à comprendre, pour le résoudre, « le problème avec elle ». J'en perds ma logique, à entrer dans la folie de la sienne. Il faudrait que, de son côté, elle fasse un pas vers moi pour me comprendre et cesser ce massacre, mais ce serait trop lui demander, elle n'en prendrait pas le temps.
Nous enjoindre, l'une et l'autre, de vite changer de folie.

Ma folie : m'être aplatie, l'avoir laissé faire (mal se conduire avec moi). Mais il faut dire, à ma décharge, que j'ai été par elle progressivement et bien dressée, avec les lapins posés et les nouvelles pratiques téléphoniques (par exemple, moi, elle me filtre, alors que, le peu de temps qu'on se voit, elle le passe au téléphone).

Montrer aussi (avant ce qui précède) le décalage fiction / réalité : je lis son bouquin sans flipper (répit de deux mois, lapin posé le 15 juillet). Elle écrit un sauvetage, une rencontre féminine, héroïque, fait sa performance d'écriture et n'est pas fichue de se comporter avec un minimum de politesse avec moi.
Faire que je me culpabilise parce que, ne demandant l'aide de personne, et ne l'ayant même pas mise au courant de mon craquage, c'est un rôle bien trop modeste, trop peu héroïque, pas à sa mesure, peu favorable à l'expression de son héroïsme amical, que je lui ai réservé, en ne la sollicitant pas.

7/12/08

Présenter le passage à l'écriture comme un passage à l'acte, au crime. Revoir Lacroix, *La grâce du criminel*.

Après l'épisode du dialogue des trois mecs, au Tribunal littéraire, placer des exclamations de ma part en pleine rue, « Je suis folle, pas moyen d'y couper » (faire parler tout seul mon personnage).

Pointer la solitude, le manque d'échange, de communication.

Italo Calvino : « La littérature ne peut vivre que si on lui assigne des objectifs démesurés ». Mara, à qui je fais confiance, son ambition de plaire soulèvera des montagnes, et que ça saute ! Objectif de plaire démesurément : nul doute que cela puisse imprimer du souffle à la littérature.

Fin de la farce : une course contre la montre. Plus de choix, suis contrainte à l'écriture. Parce que Mara veut réécrire l'histoire. Ne pas la laisser faire. La prendre de vitesse. C'est trop tard, c'est déjà écrit. Vite, écrire pour contrer son mensonge romanesque. Cette histoire est la mienne autant que la sienne. Je ne la laisserai pas mentir, non, je ne la laisserai pas...

Le « milieu » : qu'on ne s'y trompe pas. Ici, il n'y a pas de nouvelle religion du livre, juste un culte de l'image de chacun et, en guise de lien social, une compétition sans scrupules ! Se demander si écrire crée du lien social, si l'on gagne des amis. Dans le délire abandonnique où je suis : c'est plutôt un coup à en perdre.

Ne pas oublier que son féminisme réinventé s'appelle « la *new girl* ».

Gagner de l'être ou en perdre, par ses amis, image de la baudruche ou du pneu. Il se répare, ou on le répare. À plat, liquéfié, pschitt : lent ou rapide ?

Écriture : avancer masquée ? Avancer à découvert ? Je n'avance pas d'un pouce.
Ai toujours raffolé des causes perdues.

Mon amie, dont je mets en avant, malgré tout, la drôlerie ; convenir que, même dans la trahison, là encore, tu es drôle (en convenir, mais de loin ?)

Faire des apartés à l'adresse de Wilhelm ?
Wilhelm qui m'aimait, qui aimait mes mots, qui m'aimait parce que je parlais comme un livre. Et que je n'ai pas « écrit ».

Écrire : une folie qui déborde, il faut que ça sorte ! Et l'on en tirerait vanité ou gloire ?

Stern : convenir qu'il est, et de loin, le plus fou de mes amis.

Paroles de Loriot, me comparant à Mara : « Elle est une *fashion victim* de la culture. Pas toi, elle le sait, tu es plus douée et plus sérieuse. Elle n'a pas les mêmes valeurs que toi. Tu es modeste, toi ».

On aime ses amis, on aime leurs grandes comme leurs petites folies. Faire parler Mara souvent, ou toujours, par formules. Idem, par détours, avec des « comme elle dirait » (où, dans ma solitude, je fais parler l'absente) : « Il me faudrait faire une réunion au sommet, il faudrait réunir une cellule de crise », comme elle dirait, etc.

Après ma déflagration, mon explosion de folie inaugurale, étonnant que tout le monde trouve cela normal. Tout cela n'alarme personne. Mara : « Dommage que tu n'aies pas *vraiment* pété les plombs ». Grimpereau, lui, a tellement de problèmes qu'il n'aura rien remarqué. Gerbert : « Vous allez bien ? On m'a parlé de vous hier soir... ». Stern : « Tu étais gênée par Balbuzard, il y a de quoi, tu t'es censurée à mort, tu as pété les plombs, c'est tout ! Ce sont des choses qui arrivent. »

Dédicace de la farce : « À mon ami Gerbert qui connaît la guerre ». Justine aussi connaît la guerre, mais ça ne rime pas.

10/12/08
CARNET NOIR, N° 5

Pourquoi jusque-là ai-je été incapable de tout jugement sur Mara ? Parce qu'on est tellement différentes ? Parce que je la connais depuis bien trop longtemps ?

Possible d'articuler ce qui suit avec l'épisode Émile : Mara ne peut connaître un garçon, parler avec un garçon, sans se poser tout de suite la question de savoir si elle sortira ou non avec lui. Plus précisément (hystérie), elle se demande si elle *doit* sortir avec lui. Exemple, le producteur, chez Gerbert, à qui elle a déballé le grand jeu, et de déclarer qu'elle « fait des films » ! Tous feux dehors. Dommage qu'il soit si moche... Domination et territoire : les mecs avec qui elle aurait pu sortir dans le passé, les mecs avec qui elle pourrait le faire dans l'avenir sont tous, systématiquement, soustraits par elle à ma connaissance ou à mon amitié.

Revoir le dialogue halluciné avec Balbuzard (ou son spectre), sur la folie et l'écriture. L'écrit est voulu (sans transe, son obsession), la folie, non. L'écrivain invente (pas si sûr...), le fou invente-t-il ou pas ? Le fou n'invente pas volontairement. Sa parole n'est pas libre. Celle de l'écrivain l'est-elle ? Balbuzard, qui n'était pas parvenu à publier ses deux livres précédents, et qui publie son histoire avec Mara, écrite en trois semaines avec rage, « avec ses tripes », dit-elle. « J'écris un livre, empêche-moi de l'écrire », disait-il (insérer en leitmotiv : « Son matériau, on ne le choisit pas, on ne choisit pas ses amis »). L'écrivain ne perd pas la face quand il énonce ce qu'il invente, quand il en parle à d'autres personnes ? Discutable. Le fou ne se rend pas compte qu'il perd la face ? Balbuzard (le Balbuzard réel) fait l'éloge de l'invention littéraire, crache sur les écrivains qui se racontent, et préconise le « pas de côté » par lequel on s'échappe de l'auto-fiction.
Placer un dialogue fictif avec Balbuzard. Dans ce dialogue, je perds la face ? Ou bien je le mouche ? En faire un entortilleur ? Ou convenir qu'il n'est pas facile de le moucher ?

Détourner des citations :
« Nous sommes tous fous, moi plus que les autres. »
« Ce que l'on ne peut dire, il faut l'écrire. »
« Ce que l'on ne peut taire, il faut l'écrire. »
Plus on est de fous, plus on rit ; plus on est con, plus on vit : le contraire de la philosophie. Plus la vie est savoureuse, plus grand le drame de l'existence.

Présenter toute cette histoire comme un délire progressif ?

M'autoriser à dire parfois « tu » à Wilhelm, dans la farce ?

24/12/08
Titre possible : *La new girl.*

Quelle place donner à Wilhelm ?
Tout ce que j'ai tu, alors que j'aurais pu l'écrire : m'être empêchée d'espérer chaque matin une lettre de lui, ses groupies mystiques, les textes à clef du petit Béryl, voilà ce qui intéresserait le lecteur ; W. que je n'ai pas converti en un livre, en lettres mortes ; mon être vital, je ne t'ai pas écrit (avec les deux lectures possibles du mot). Épisode du malentendu avec W. : à cause de mon lourd complexe de culpabilité, je me laisse accuser de ce que je n'ai pas fait, quand je ne m'accuse pas moi-même ! W. qui me vantait sa capacité à oublier et à penser ce qui l'arrange ; lui dire : « C'est moins par folie, mon chéri, que nous étions grotesques, que par abstinence ». C'est à cause de mon amour pour W. que j'ai pris à nouveau Mara au sérieux, c'est pourquoi, malgré les divergences de manières, rien de la perte amoureuse qu'a vécue Mara ne m'était étranger. Par des paroles d'encouragement, je l'ai soutenue dans cet amour qui aujourd'hui la rend folle furieuse.

Écrire, accoucher dans le vacarme, accoucher d'une souris, d'un peu de folie d'exister.

Mara : pression amoureuse à l'écriture. Devant écrire maintenant, il faut qu'elle devienne folle. Ce qui ne m'explique toujours pas pourquoi elle se conduit ainsi avec moi.

Il en est, dit-on, de la folie comme de la sottise : le changement est signe de santé. Est-ce bien certain ? Je ne suis pas d'accord : sage est celui qui s'obstine dans sa folie, car persévérer dans sa folie, c'est aussi une manière de persévérer dans son être.

Mara, elle, ne s'amenuise pas, à l'opposé de moi, avec ma tristesse. Elle vit, croît et se développe.

Fiction : insérer une réplique de Balbuzard, pédagogue : « C'est politique, tu vois, d'emmerder le monde ». Aiguillonner le monde, l'insupporter jusqu'à le contraindre à changer et ainsi, à la fin, à être moins bête.
Balbuzard, quand il traitait Mara comme une conne (d'après ce qu'elle en disait), le faisait peut-être pour bousculer sa connerie, un essai de réforme amoureuse : la politique aussi à l'échelle de son couple, à l'échelle amoureuse. Mais était-il besoin d'être aussi méchant ? Réponse de Balbuzard : « Oui, pour hâter la réforme, ça hâte les réformes. La preuve, aujourd'hui, regarde comme elle se démène. »
Quand Mara dit qu'elle a bien appris la leçon de Balbuzard, quand, dernière conversation pendant l'été avant son grand changement, je l'ai félicitée sur sa qualité de disciple sincère de Balbuzard, elle lâche : « Bon, mais là, c'est toi qui m'ennuies, là, qui m'importunes, j'ai autre chose à faire, tu me mets mal à l'aise, à revenir à ça ». À rapprocher de : « Tu comprends, maintenant, il faut que tu nous laisses, on est là, tous les trois, pour travailler ». Rejet.

Énumérer mentalement (et par la même occasion, préciser la façon dont je l'apprends) tout ce que fait Mara cette année-là, quand Balbuzard me dit, pour l'excuser : « Mais tu sais que c'est une année très particulière pour elle, elle avait peu de temps » ou « elle avait beaucoup de choses à faire ».

Mara ne cherche pas à être heureuse, le bonheur, c'est « pas intéressant ». Des tas de choses bien plus intéressantes à faire qu'être heureux. Quel ennui, le bonheur ! Une fiction mortelle d'ennui. Tout ça parce qu'on a perdu nos garçons respectifs...

Écrire un dialogue avec des spectres, c'est signe, chez moi, d'une très grande solitude. Lien entre solitude et folie.
Langage et dialogue entre Mara et moi enfin retrouvés à la fin de la farce. Elle : « Sers-toi de moi, je serai ta locomotive » ; moi : « Voilà, je me sers de toi ! »

25/12/08 (RELECTURE NOTES ORDI : ADDENDA)

Placer un bref dialogue où Mara et moi, nous parlons de mon texte en cours de rédaction :
Mara : – Est-ce que ton personnage tient le fil ? (l'expression est de Diderot).
Moi : – Ne t'en fais pas, ton personnage est bien plus intéressant que le mien.

Mara et moi avons toujours partagé cette idée : le travail d'abord, l'accomplissement par le travail avant tout. Autre problème qui nous est commun : aimer un garçon « culte » qui nous a quittée.

Mara : une fille à contraintes (comme il y a de la littérature « à contraintes »).
Balbuzard : l'arroseur arrosé. Dans la farce, il devient lui-même personnage, objet de satire.

Grimpereau, lui, monologue par écrit. Moi, je dialogue par écrit. Ajout possible d'une allusion à ceux qui se suicident par écrit.

Le *book* de Mara. Je comprends l'intérêt que lui porte Balbuzard : tout, dans ce livre, est inventé. Moi, comme lui, je suis incapable d'inventer. Mara, elle, invente. Faire le rapprochement avec ses mensonges. Hélas pour moi, elle invente. Elle ne sauve personne, la *supergirl*, en tout cas, pas moi. Mais j'aimerais seulement qu'elle s'abstienne de me nuire.

Le fou comme l'écrivain agite ses jambes en vain, l'écrivain comme le fou tourne dans sa cellule. Isolement du fou et de l'écrivain. Dans la farce, décrire le spectre de Balbuzard. Différence entre le fou et l'écrivain : souvent la folie réduit notoirement les capacités intellectuelles. Au moins par défaut d'exercice. Cela se comprend. Admettons, mais on peut être bête, et écrire des bouquins. C'est juste. Ou autre idée : la seule vraie différence, c'est que le fou n'a pas l'idée d'écrire pour publier, le fou se passe de cette publicité, il ne cherche pas à plaire. C'est la coquetterie éditoriale qui les distingue.
Si j'étais vraiment folle, je pourrais parler avec Wilhelm, m'imaginer le voir et y croire. Au lieu que, m'empêcher d'y penser, et pourquoi pas, de lui écrire, et de lui écrire chaque journée, chaque instant de ma vie (parce que, si non partagé avec lui, rien n'a de saveur), je m'y suis employée continuellement toutes ces années passées sans lui. Blocage d'écriture lié à W. Lui écrire non seulement pour lui expliquer ce que je ne lui ai pas dit, me justifier, mais aussi pour partager le récit de ma vie avec lui. Parole confisquée :

écrire à Wilhelm ou sur Wilhelm. Ne l'ai pas fait pour ne pas heurter sa délicatesse.

Est-ce que Mara, elle, me pardonnera l'écriture ? « Ça passe ou ça casse », elle dirait, avec son goût des formules toutes faites.

Livres refuges, palliatifs à l'existence impossible. Philosophie, de même. Les livres qu'on écrit aussi ? Drame héroïque de l'impossible lecture de Heidegger & Co, pendant ma disponibilité. La lecture ne suffit plus.
Écrire ? Se dévorer soi-même en boucle, quel cauchemar...

Raphaël : sa folie (amoureuse) l'anime et le rend si beau, il prend vie ! Je pourrais l'aimer, sans l'interdit
.

Dépression. Monde rempli d'indifférents. On se cache des gens qu'on aime pour ne pas les inquiéter ou les faire souffrir. Quelques moments de grâce et d'apaisement avec eux. Sortie de l'effroi. Moi qui goûtais tant la solitude ! (penser, si d'aventure, c'est Gerbert qui m'édite, à lui dire que je l'aime).

Possible de présenter la farce, à partir du dîner chez Nils où j'ai parlé à Mara de mon projet d'écriture, comme ce que je devrais m'empêcher d'écrire, ou bien comme un délire ?

Mara, sur son histoire avec Balbuzard : « Moi, ça y est, je suis passée à autre chose, j'aimerais bien que mes copines ne remâchent pas ce mec à ma place ». Les vertus de l'écriture ! Elle l'a, enfin, oublié. Ils se sont tués l'un l'autre, neutralisés par l'écriture. Comme toujours, elle, avec un temps de retard...

ADDENDA :
Faire que certains livres existent comme des personnages, avec un rôle dramatique : livres de Raphaël, de Stern, de Balbuzard, de Mara, de Joy, de Loriot, du petit Béryl, etc. Raconter très sommairement l'histoire de chacun.

Dans le passage « Tous écrivent », montrer que même ceux qui n'écrivent pas sont prêts à me faire lire les livres de leur père, les livres sur leur grand-père. Sortir de ce milieu étouffant, où les garçons et les filles racontent la difficulté de leur première publication comme, ailleurs, d'autres racontent l'armée ou leur accouchement.

Reprendre en boucle les thèmes obsessionnels de la névrose de Mara : tout ce qui brille, l'ambition, sa sœur « chef de banque » (expression à entendre à la manière guerrière, genre chef de bande, de gang), forcer la porte, les oiseaux, avec, entre autres, ce rêve extraordinaire sur le coucou.

Tous écrivent, sortent leur calepin dans les fêtes de peur d'oublier un bon mot ou un sujet de roman (son jeune petit jules fait cela).

Mentionner mon isolement volontaire après la soirée chez Jean-Michel L. Le problème : ne pas savoir où les gens vont et vous mènent, quand on ne peut plus équilibrer la conversation. Idem : où nous mène la relation avec Mara depuis qu'elle la mène seule ? Ne pas laisser faire les gens.

Après les présentations de Mara (multiples), pendant les périodes 1 et 2 du texte, annoncer la couleur pour la période 3, par une formule du genre : « La suite est moins sympathique » (sachant que probablement, à ce stade, Mara paraîtra déjà odieuse depuis longtemps au lecteur).

Mais sur la toute fin de mon texte, écrire : « On me l'a abîmée », ou « Vous me l'avez abîmée ».

Épisode Émile : elle est mon amie, elle me veut du bien, elle doit penser qu'il n'est pas assez bien pour moi, qu'il ne fait pas le poids. Toujours, elle saura garder bonne conscience !

Faire variations grossières sur le thème de « putes à éditeurs » / « putes à fric » (Mara, Achille, etc.).

Mara : rêve de star fourvoyée dans l'Éducation Nationale. Sa nature profonde : être la reine du bal de fin d'année des lycées américains.

Titre possible : *Le beau rôle*.

Écrire cette farce pour que toute ta laideur saute aux yeux du monde.
Mais, comme d'habitude, tu en sortiras grandie...

Ne pas oublier de placer son : « J'ai rencontré des gens qui m'ont fait prendre conscience de mon talent ».

La dépression me fait exagérer le malaise qu'il y a et qu'il y aura à vivre après avoir été traitée comme cela par sa meilleure amie.

CARNET NOIR (reprise avec ajouts et reformulations)
31/12/08

« L'âme, ça se règle ». Le problème, c'est que j'ai mal dosé.

Hypertrophier le rôle de la lecture du livre de Grimpereau, dans la période du début de ma disponibilité ?

« Faire son deuil, tourner la page » : encore faut-il l'avoir écrite ! On couche sur le papier. On se déchire sur le papier. Mettre Mara en abyme, la neutraliser. Faire son deuil des morts, soit, mais des vivants aussi ? Cela revient peu ou prou à les assassiner. Bien des façons d'assassiner les gens ! Convenir que l'écriture n'est pas ce qu'il y a de plus radical.

Elle aura changé ses manières : suite à nos railleries, elle ne dit plus « dans la *win* », mais « dans la *loooose* ».

Avant : qu'elle soit dans les footballeurs et les rockers (du temps où elle était avec Balbuzard) et moi dans Heidegger n'empêchait pas que l'on soit amies.

CHRONOLOGIE : à vérifier

1er/01/09
Suis coupée dans mon élan parce qu'elle a, très longuement (politesse !), Elderly au téléphone. « J'espère qu'il ne me mettra pas la main sur le genou », dit-elle.

Été, elle a peur d'être enceinte. Silencieuse tout le mois d'août, je le remarque, et me demande si c'est à cause de ça qu'elle a besoin d'être seule. Je respecte son silence.

Rentrée. On se retrouve à un dîner vendéen. Nous fait à tous tâter son implant de pilule sous-cutané. Qu'on se le dise...

Nouvelle manière : ne prend pas la peine de répondre pour décliner une invitation que je lui ai faite ni pour annuler un rendez-vous ou s'excuser de n'être pas venue.

Je la croise dans la rue avec Arielle (qu'elle appelle ainsi à cause de Dombasle, et qui s'appelle Arlette, et que Stern, lui, appelle Miele). Je les accompagne au cinéma, et comme Arielle parle de leur très prochain séjour à Berlin, Mara prend ce petit air pincé qui dénonce chez elle l'embarras : « Je ne t'en ai pas parlé, je me suis dit, pour un week-end, ça ne peut pas intéresser Marine ».

Séance de cinéma, nouvelle manière d'y aller. Elle me prévient par texto peu avant : « Je te retrouve dans la salle, après la pub ». On ne discute pas du film, elle me propose, pour qu'on se voie, de la raccompagner en bas de chez elle. Mais, au retour, elle s'emploie, pour ne pas perdre de temps, à s'acquitter des appels manqués pendant la séance.
Elle a Elderly au téléphone, elle est rassurée sur ses intentions : « Il n'y a pas, il n'y a pas besoin de coucher » (N. B. : développer chez son personnage ce tic de langage agaçant, un tic de répétition claironnante) : « Elle n'a toujours pas compris que ces gens-là sont comme nous », « qu'ils ne sont pas moins humains », etc.

Elle, à moi : « Ah, si j'avais une dispo, moi ! Je ne suis pas une héritière, moi ! Pas une enfant gâtée comme toi ! ».

Séance de cinéma où elle me pose un lapin : elle aura oublié, ou pas pris le temps de me prévenir.
Une autre fois, elle se décommande quand j'ai déjà, sur sa

recommandation, fait une demi-heure de queue pour le film des Dubois à la Cinémathèque.
Faire liste exhaustive de ses oublis qui me nient.
Elle oublie mon anniversaire.
Si je l'appelle pour lui proposer quelque chose, elle ne prend pas la peine de répondre pour décliner.

Elle arrive tard chez Axel, c'est pour cela qu'elle ne m'avait pas rappelée. Comme elle a croisé mon ami Axel, il a désormais ses coordonnées et il l'a invitée directement. Je crois avoir dit à Mara : « T'es gonflée d"y aller sans moi », mais elle ne semble pas avoir entendu. Traîne Anne Mouycol, qu'elle appelle Mollecouille, dans son sillage, une fille qui ne fait que parler de Mara, ne tarit pas d'éloges à son égard : « Quand on connaît quelqu'un comme Mara... », « Mara pense que... », « Mara dit que... ». Et Mara, de son côté : « Comme je disais hier à Elderly... », « Comme je l'ai dit à Vanneau... », etc. Pas d'échanges avec moi de toute la soirée, sauf quand on se retrouve à parler avec la même personne, qui est toute surprise qu'on se connaisse. Elle va ensuite à une soirée à l'ambassade du Togo, elle m'embrasse en partant et me dit qu'elle ne me propose pas de venir parce qu'elle est sûre que ça ne m'intéressera pas.

Noël chez Achille : une nouvelle copine à elle, Anna, celle « qui n'est pas comme nous, qui n'a pas fait d'études, qui veut être actrice, et ses parents ont un Picasso ». Mara découvre le monde !

Situation un peu gênante : j'apprends par cette nouvelle copine que Mara et les amis nantais de Balbuzard préparent un film. Ce que j'ignorais. Comme la fille pense l'argument connu de moi en tant qu'amie de Mara, elle me parle du détail de son rôle, supposant connu de moi l'ensemble.

Noël : « Pas tout à fait moche », dit Mara, à propos de cet Allemand de passage que j'héberge chez moi.

Je dis à Mara que j'ai envoyé un mail à Wilhelm, que j'attends sa réponse.

C'était avant que je bascule dans l'horreur.

Après : on se voit à la cafète de Beaubourg, elle bosse, je feins de lire. J'espérais que n'être pas seule me sécuriserait. Rien n'y fait. Pas en état d'aligner deux phrases, mais elle ne s'en rend pas compte, elle me parle un peu de sa sœur « qu'elle va faire divorcer » et des misères que lui fait Balbuzard. Elle épluche *La Revue* et elle leur écrit pour qu'ils aient un retour des lecteurs, ils ont besoin d'elle (ainsi se justifie-t-elle : ce n'est pas qu'elle essaye de s'incruster, c'est juste qu'ils ont besoin d'elle). Elle bosse : elle fait son DEA sur Desplechin et corrige ses copies. Je m'étonne et me réjouis qu'elle ne se rende compte de rien à mon sujet. Au moins, elle ne se fait pas de souci. Elle ne me propose pas de rejoindre ensuite ses parents chez sa sœur, parce qu'il y a déjà Moineau et Mollecouille. Rejet. Toujours rejet.

Si Achille ne l'apprécie pas, c'est parce que, la première fois qu'il l'a vue, elle annonçait qu'elle prenait des congés de principe à l'Éducation Nationale (par représailles parce qu'*ils* lui faisaient enseigner le latin contre son gré).

Pour une soirée chez « La Revue » (qui sont revenus, l'un d'Italie, l'autre de Nantes), nouvelles règles : « Je vais voir si je peux amener une *girl* », dit-elle, alors qu'il y a peu encore, il était tout naturel pour nous d'aller toutes les deux ensemble dans une fête de gens que nous connaissions. Et maintenant, je serais devenue une « *girl* » dont il faut voir si l'on a le droit de l'inviter ? Malentendu qui s'éclairera un peu plus tard dans la soirée : elle ne parlait pas de moi... La *girl* en question, c'était sa nouvelle copine, la future actrice, qu'elle projetait d'emmener chez les Nantais qui ne la connaissaient pas encore. Et, d'ailleurs, la fille s'est désistée au dernier moment. Et moi, j'avais compris de travers.

Dans l'escalier : elle revient d'un dîner chez Petrovski, je lui demande pourquoi, l'an passé, elle s'opposait à ce que j'aille dîner chez lui : « Je n'aime pas mélanger », elle répond. Puis, elle ajoute : « Je ne te dis pas la journée, j'ai couru partout, et en plus, il y a Moineau qui me fait encore des embrouilles ». Moi : « Ah oui ? Moineau, il est comme ça ? », pour tâter le terrain et tirer au clair son intervention de l'automne. Mais elle ne relève pas et dit, en montant le tapis rouge : « À la fête, il y aura du beau monde : Jeanne Balibar, le fils de Derrida... ».

Dans la fête. Léandre, à moi, sur le ton du reproche : « Pourquoi tu ne nous vois plus, pourquoi tu ne veux plus nous voir ? ». Léandre s'est aperçu (il me le dira plus tard dans une autre fête) que j'étais perdue, très loin, pas en état de parler. Au fils de Derrida (Mara m'a montré son « beau monde », avant de passer à l'action ; moi, égarée dans le fête avec mes problèmes de dépression), Mara dit : « Marine sortait avec Bobby, le petit-fils d'Humphrey Bogart, en pleine jet set ! ».
Voilà le genre de choses que Mara dit de moi !

Emma, au sujet du livre sur Mara écrit par Balbuzard :

« Mais enfin, elle veut qu'on le lise ou pas ? C'est incompréhensible, tout le monde l'a lu, même ses élèves, et pas nous deux ! » Moi, perplexe, car je n'ai toujours pas lu le livre, et pourtant elle voulait que je le lise à ses côtés, mais ensuite, plus de nouvelles. Peut-être, finalement, ne veut-elle pas que je le lise (source de souffrance pour elle ?).

Nous sommes invitées par Emma à un vernissage d'expo photos, Mara et moi : on ne se parle pas une seconde. J'en viens à penser que, étrangement, elle ne m'a pas vue. J'entends de ses nouvelles à quelques mètres d'elle, voix sonore où elle conte tout ce qu'elle fait, sur quoi elle écrit, etc. (trouver des idées cocasses, dans la fiction). Parle visiblement pour être entendue à la cantonade, avec cette nouvelle voix métallique qu'elle a depuis ses cours d'orthophonie. J'entends ce qu'elle fait et devient, mais qui s'adresse à d'autres qu'elle ne connaît pas. Puis en passant près de moi, elle me glisse, en me désignant un homme : « C'est P.O.L. ». C'est tout. J'entends seulement des miettes de ce qu'elle devient, et si je les entends, c'est parce qu'elle les énonce assez fort pour pouvoir être entendue de P.O.L.

Repas chez Nils, où elle ne va pas. M'appelle en coup de vent pour me dire qu'elle n'y va pas, et de l'y excuser. Je lui dis, au téléphone : moi non plus, je n'y vais pas. Je ne lui dis pas que c'est parce que je suis trop déprimée pour y aller (ou bien, erreur de chronologie ? Ce serait parce que je devais être à Berlin à ce moment-là ?). Mais elle me coupe, et avant que j'aie pu m'expliquer, elle en a déduit, désobligeamment : « Ah bon, je suis invitée chez Nils et pas toi ? »

Projection film de Loriot. Je ne sais pas de quoi elle me

parle, elle suppose ses ennuis connus de moi, et je me méprends, pensant qu'elle me parle du Rectorat et du système des mutations (refus d'un poste éloigné ou difficile, son éternelle partie de bras de fer avec l'administration de l'Éducation Nationale). Mais en fait, je comprendrai plus tard qu'elle parle de ses collègues de lycée qui la harcèlent ou la persécutent. Plus tard encore, je verrai sa stupéfaction quand, devant sa description de comment ça se passe pour elle en salle des profs, je lui dirai : « Tu as essayé de leur dire bonjour, d'échanger quelques mots avec eux ? ». Je l'ai invitée au cinéma, lui disant que j'allais à la première séance de projection, mais que si ça l'arrangeait, je pouvais venir à la deuxième. Elle a fait « non », mais elle est venue à la deuxième... Après, elle s'est peut-être sentie vexée, lorsque, gênée ou honteuse, elle a dû reconnaître qu'elle « n'était pas à Paris », quand je lui ai présenté quelqu'un dont je pensais qu'ils se connaissaient, de l'époque de la khâgne. Plus tard, elle poursuit : « Je vais leur faire croire que j'essaye de faire un enfant, et que je fais des fausses-couches, comme ça, ils me ficheront la paix, tu verras, ils sont tellement cons, ils vont même peut-être se mettre à être sympas avec moi ; ça, c'est le genre de chose qu'ils peuvent comprendre, tu vois ». Et moi, je pense qu'il s'agit de mutation, ou de prendre, comme elle l'a fait autrefois, des « congés de principe », mais il s'avère qu'elle parle de la salle des profs, pour qu'ils cessent de la harceler. Je me dis, pauvre poulette, tu n'as pas digéré ton IVG, et c'est comme ça que ça se traduit.
Elle me dit : « Tu ne mens pas, toi ? Tu ne sais pas mentir ? Moi, je suis devenue une vraie menteuse professionnelle ».
Elle aura lu, de Sollers ou d'une autre plume, qu'il n'y a rien de plus sexy qu'une femme qui sait mentir. Ou bien lu, dans son livre *Comment gagner une heure par jour*, que le

mensonge est un expédient des plus utiles à cette fin ?

Bouffe chez Nils. Mon mutisme. Du mal aussi à comprendre ce qui s'échange. Je voyais ça comme une soirée de normalisation, de réintégration auprès d'amis chers (le noyau dur des Vendéens). Elle parle de l'appartement qu'elle a trouvé, en colocation avec Mollecouille, rue Saint-Honoré : « Une adresse comme ça, il ne faut pas la rater ». Elle raconte ses nouvelles activités, ses nouvelles connaissances et surtout les misères conjugales de sa sœur et comment elle, Mara, s'occupe de la faire divorcer, s'occupe de son divorce. Elle enfonce le beau-frère, parle encore de « la fortune » de sa sœur, je tique intérieurement, à partir de quand peut-on parler de fortune ? Sa sœur « chef de banque ». Bref, elle monopolise la conversation. Du fond de la souffrance, j'ose une phrase où je surenchéris sur ce qu'elle dit, à son appui, car les invités peuvent penser qu'elle surestime complètement sa sœur et méprise à tort son beau-frère, bref d'une phrase, je rajoute une couche à ce qu'elle dit, qui sait ? pour apporter un air d'objectivité à son appui. Je manifeste mon admiration envers sa sœur en disant : « Elle est tellement mieux que lui », mais Mara ne supporte pas mon intervention, me coupe et s'emporte : « C'est *ma* sœur, non ? Marine connaît mieux que moi ce qui touche à ma sœur ! ». Et je m'en mords les lèvres, d'être sortie trop tôt de ma chambre de malade. Suis mortifiée et honteuse de mon état, de l'imposer aux autres, de la seule phrase que j'ai entrepris de prononcer dans la soirée. Présenter ce dîner comme la tentative de sortir de l'horreur.

Pâques : je chiale de soulagement, en Vendée, quand je reçois d'elle un texto, sur un terrain de golf où je réapprends à marcher, où j'accompagne Grischa qui lui aussi est passé par là (dépression, et même hospitalisation).

Une fois seulement on va au cinéma de façon normale, voir *La jeune fille et la perle*, on discute sur le chemin du retour, je mesure les progrès d'analyse qu'elle a accomplis. Moment de grâce comme il m'en arrive quelquefois où je retrouve un état proche de la norme, où je ne suis plus étouffée par l'étreinte de l'angoisse folle. Même s'il m'est difficile d'entrer dans le film. Plaintes de Mara : elle est agrégée, elle paye trop d'impôts, elle me propose que l'on se Pacse, « Ça me permettrait, dans mon travail, de me rapprocher de Paris », dit-elle. Puis « Tu comprends, avec Mollecouille, ce n'est pas possible ». (Mollecouille qui est amoureuse d'elle et qui avait fait mine de se suicider par jalousie envers Éva, après avoir vu la tristesse de Mara au véritable suicide de celle-ci).

J'appelle Moineau pour lui dire : « Pourquoi, en octobre dernier (ou novembre), es-tu venu me voir ? » et aussi lui dire que je pense parler de cela à Mara. Il me dit qu'elle ne le voit plus, qu'il pense qu'elle voit d'autres garçons, mais que de toute façon, il vaut mieux que je ne lui en parle pas parce qu'elle n'apprécierait pas, elle n'aime pas tout ce qui peut la freiner.

Concert Petrovski, où elle invite en nombre, il ne sera pas question de parler au rocker qui sera sur la scène, et ensuite très pris, mais il faut ramener plein de monde pour remplir la salle. Après le concert et la demi-heure de bain de foule qui suit, j'arrive à approcher Mara, attendant mon tour, et saisis un moment où elle ne parle plus à personne. Mais elle a l'œil sur le lointain, sur Dave, précisément, dont elle n'a pas encore fait la connaissance. L'œil prospectif. Moi : « Il

faut que je te parle ». Elle : « Pas le temps ». Moi : « Il faut vraiment que je te parle, là ». Elle répond : « Alors dis vite, poulette, j'suis bookée, là ».
Et je fais bref, je déballe l'histoire de Moineau venu dans mon café. Elle fait aussitôt : « Ma pauvre poulette, comment tu as pu supporter ça ! Je ne l'aurais jamais admis. Moineau m'a rendue jalouse, il m'a manipulée, il m'a mis la tête à l'envers. Il a aussi frappé Mollecouille, il l'a mise à terre, et là, j'ai peur qu'il appelle ma sœur pour essayer de me brouiller avec elle. Je suis sûre qu'il me suit dans la rue, qu'il m'espionne. Je m'en suis débarrassée. Comment tu as pu supporter ça ? Il voulait nous séparer. C'est plus important, l'amitié. Il fallait me le dire, je l'aurais viré tout de suite ! ». Mais mon embarras empire quand il me faut aborder l'histoire de mon pétage de plombs devant Balbuzard : « Mais ce n'est pas tout », j'ajoute, au plus mal. Et là, l'idiote, elle manque de tourner de l'œil en pensant, me dit-elle, que j'ai fait quelque chose avec Moineau. Je raconte alors mon histoire devant le Tribunal littéraire. Elle a un silence presque long.

19/01/09
Ensuite, elle dit : « Dommage, dommage que tu n'aies pas vraiment pété les plombs. Y'en a marre de ces mecs qui n'assument pas l'autobiographie. Mais maintenant, je le dis : dans le roman, Jenny, c'est moi, Bien sûr que j'ai un manuscrit pour toi, viens chez moi, je te donnerai celui qui était prévu pour ma sœur ». Me raconte comment Moineau, elle s'en est débarrassée, qu'il essayait de l'isoler, que sa victoire de jaloux, c'était de l'avoir manipulée pour qu'elle soit jalouse de moi. Qu'elle a peur qu'il essaye de foutre la merde entre elle et sa sœur, qu'il s'en est pris physiquement à Mollecouille, qu'elle pense qu'il l'épie dans la rue, ou

qu'il la suit, qu'elle a peur qu'il force sa porte. etc. Que Balbuzard est un affreux qui lui maintient juste la tête au niveau de l'eau, ou juste hors de l'eau, mais l'empêche d'arriver : *La Revue* voulait bien d'elle pour présenter le dernier film de Desplechin, mais il a refusé qu'elle entre dans *La Revue*, et c'est lui qui a fait l'article, et il a même osé pomper ses idées à elle, Mara : « Il a dit qu'Émile Devos avait « une grosse santé », il a repris ma formule ! » (N. B. : cet épisode Desplechin, c'est peut-être plus tard : voir quand le film est sorti, pour la chronologie). Elle a un nouvel amoureux, qui est dans *La Revue*, Evaristo ; à lui, elle a révélé : « Jenny, c'est moi ». Elle me dit aussi : « Petrovski, il a une nouvelle copine, il était pressé de se remettre en couple » (elle ne dit pas que c'est pour cela qu'elle ne voulait pas que j'aille dîner chez lui), et elle ajoute que, si elle n'avait pas été amoureuse de Balbuzard à ce moment-là, maintenant, elle serait avec lui, elle aurait un enfant avec lui. Elle en a oublié Dave. On passe chez elle pour que, sans délai, elle me remette son manuscrit.
Je prends conscience, effarée, de tout mon délire affectif de ces derniers mois : sentiment d'avoir souffert d'abandon inutilement, d'avoir déformé la réalité...

Le roman de Mara : la narratrice suit une autre fille, dans les rues, les bars, les boutiques de fringues, d'une manière mi-espionnage, mi « Je veille sur toi, petite », elle reproduit ses faits et gestes, la perd, la retrouve, continue de la filer. La fille habite l'immeuble d'en face, de part et d'autre de la rue, elle peut l'observer par la fenêtre. La fille n'a pas l'air d'avoir une vie, en tout cas elle n'a pas l'air d'aller bien. La narratrice tend des fils dans tout son appartement et s'entraîne, en vue du grand jour, à vivre, marcher, manger, dormir, regarder des séries T.V., perchée comme un oiseau sur ces fils. Ce qui donne une cinquantaine de pages expérimentales extrêmement rigoureuses, précises, où l'on sent l'effort rédactionnel de mon amie. C'est d'une lecture très laborieuse, à l'image de la performance de la narratrice. À la fin, au grand jour, la narratrice a tendu un fil de part et d'autre de la rue et la traverse en funambule, rejoint la fille, la sauve, à moins que cette rencontre ne les sauve toutes les deux. C'est d'une totale originalité, un livre-performance.

Je ne sais si c'est le livre qui est laborieux ou si c'est mon état qui m'en rend la lecture ardue. Je m'y emploie pendant toute une semaine, je le fais pour elle, et me disant qu'il faut que j'émerge de la dépression et que tout exercice, même une lecture aussi indigeste (elle l'a écrit « à l'arraché ») me vaut rééducation.

Avant cela, ai lu *Sardines*, le roman de mon autre être vital, Stern. Faire présentation du livre, une très libre transposition de la période de folie qui, il y a un an, a affecté mon ami : c'est un homme qui se réveille avec des écailles poussées sur son abdomen, etc.
Ai dit à Gerbert, croisé par hasard, « Ce texte est génial ». À sa demande, Stern le lui communique et, presque aussitôt, Gerbert m'appelle pour me dire qu'il l'édite (et me charge de la correction). Gerbert, le valeureux qui a sauvé Justine.

Été : Mara et moi, on se croise à une fête le 13 juillet ; elle avec des amis, moi avec d'autres. On doit se voir le lendemain, entre autres choses pour que je lui rende son manuscrit et mes impressions dessus. Le 14, elle n'appelle pas comme il était prévu pour convenir du lieu de rendez-vous, et je ne parviens pas à la joindre. Rien. Mais, pas d'inquiétude, je suis guérie de ma peur amicale. Plus tard elle m'enverra un texto pour que je lui fasse passer son manuscrit via Emma. Je ne m'inquiète pas, nous n'avons jamais été formalistes.

Été : réapprendre à parler avec deux amis qui m'aident, et aussi à moins penser à mourir. Il y a du mieux. Mais je continue d'effrayer la gentille mère de famille du quatrième étage, quand elle me croise dans l'escalier. Et j'ai peur, j'ai la hantise qu'un accès de débordement me reprenne, comme dans la rue devant Balbuzard, mais rien ne vient (on appelle ça la « phobie d'impulsion »). J'interprète divers événements comme des signes d'amélioration de ma santé physique et mentale.

Fait la connaissance chez Stern d'un garçon charmant : Émile. Soirée délicieuse, sentiment de renaissance, rééducation, la garçon est séduit sans avoir peur de moi, etc. Je ne couche pas, n'invite pas le garçon à monter chez moi, à cause des douleurs de mon kyste à l'ovaire en attente d'opération.
Je corrige le livre de Stern, qui va être édité par Gerbert.
Réapprendre le langage en lisant et corrigeant les livres de mes amis, à défaut de leur parler.

Émile plus le livre : réel mieux-être.

J'ai hâte que l'opération, malheureusement continuellement différée, se fasse, curieuse que je suis de la chose, pensant me changer les idées avec cette hospitalisation.

Rentrée : pas de nouvelles de Mara, pas le branle-bas de combat des rentrées habituelles.

Un mois plus tard, elle me laisse un message : « Alors, on se voit quand ? », et pour avoir une chance de la voir, je l'invite à une grande fête chez Stern.

Elle arrive tard, on parle mutations dans la cuisine, et j'ai un juste pressentiment, une réticence, bref, je ne lui présente pas Émile (rajouter, dans la fiction, que j'ai au dernier moment un geste de retrait, un recul). Mais elle repère vite Émile, comme c'est la seul garçon charmant parmi tous, elle l'entreprend et, quand je les rejoins, l'entretient sur son futur nouveau livre « *La femme en facteur commun* ». Lui étant mathématicien, elle a besoin de sa contribution pour l'aider dans son écriture. Abdul, mathématicien aussi, et qu'elle connaît déjà, très naïvement se propose, mais il est gros et elle décline, je réprime un rictus de catastrophe, et elle me souffle : « Tu te moques », ce qui n'est pas le cas, mais je ne lui dis pas mes raisons. Elle prend les coordonnées du garçon que j'éviterai le reste de la soirée, et n'y tenant plus, je quitte la fête. Bonne pêche pour Mara. Insister sur l'absurdité de la situation : elle arrive, j'esquive les présentations, on parle dix minutes Éducation Nationale et mutations dans la cuisine, elle balaie des yeux tous les invités et fonce droit sur le garçon qui me plaît.

Préciser qu'elle a un mec qui lui a parlé mariage, peut-être pour l'été prochain, Evaristo.

Je lui envoie un texto fort confus, de folle : je sais que je n'ai aucun droit sur Émile, mais là, c'est la grande confusion, j'en viens à douter des êtres vitaux, mais je ne veux pas que toute la pelote vienne avec le fil.

Elle me rappelle : « Sois claire, parce qu'Émile, lui, est

ambigu à ton endroit, alors, toi, il faut que tu sois claire : tu as couché ou pas avec lui ? » Réponse : « Non », mais je ne lui dis pas que c'est à cause de mes ovaires (ce qu'elle sait très bien puisque Emma lui a dit la date de mon opération prochaine), et je ne dis pas non plus que coucher n'est pas en l'occurrence l'essentiel, mais reprendre espoir et pied, échanger, retrouver le chemin de la santé et de la normalité, ni quel film je me suis fais à partir de ce garçon, où j'ai décidé de voir un signe de recommencement, un pas vers la guérison et la normalité, car c'est de multiplier les êtres vitaux dont j'ai besoin. « Bon, si tu n'as pas couché avec lui, alors tout est simple, parce qu'avec lui, je n'arrivais pas à savoir. Dès que je l'ai vu, je me suis dit, ce n'est pas le genre de Marine, ce n'est pas du tout son genre. Et puis qu'est-ce que tu ferais d'un petit Émile, toi ? C'est mon genre », elle décrète.

Mara et ses catégories.

Et j'étais trop gênée de cette confusion, et aussi, de l'ennuyer, elle, et après coup, je serai juste estomaquée, mais pour l'heure, je ne pouvais lui dire qu'il n'est pas question ici de genre, mais d'individus, de personnes, d'une rencontre humaine, quoi, et que j'ignore tout des genres dont elle parle, à moins qu'elle ne me réserve des hommes de plus gros talent, et qu'en ce garçon charmant, j'ai vu une possible incarnation d'être vital, et que je suis prête à faire feu de tous les êtres vitaux pour ma survie. Mais ça, bien sûr, je ne pouvais pas le lui dire, sous peine de l'inquiéter ou pire, de la culpabiliser de ne pas avoir su être là quand, chez moi, tout a craqué.

Émile, dont j'ai caressé l'idée comme un petit capital

d'espoir.
Et je me dis que, si elle en est à couper mes liens avec des gens que je connais depuis dix ans (pour la raison qu'ils sont devenus connus, ou qu'ils dirigent une revue de cinéma, ou parce qu'ils sont redevenus célibataires), alors une nouvelle conquête, ou un nouvel amant *a fortiori* sera pour elle marqué du fer de sa propriété exclusive.

Est-ce que j'aurais dû, pour « réserver » le garçon, coucher avec lui malgré la douleur qui me pliait le ventre, pour prévenir le cas hypothétique où elle le croiserait ?

J'ai joué de malchance.

Le lendemain, je la convoque pour enfin lui dire qu'elle manque d'attentions envers moi, monstre innocent, aveugle et sourd.
Elle se récrie. « On ne dit pas ça à quelqu'un dont la meilleure amie s'est suicidée. Ce n'est pas le moment de me dire ça, les collègues me pourrissent, ils me harcèlent, Nadine est suicidaire, Anne va très mal, et Balbuzard se conduit comme un salaud avec moi, il ne me laisse pas avancer ».
Elle : « Faut appeler au secours, j'appelle au secours, moi ».
Elle, encore : « Je ne pouvais pas savoir que tu allais mal, ce n'est pas l'image que j'ai de toi ».
Je ne lui dis pas ce que j'aurais dû, et que je ne réaliserai que plus tard : qu'elle avait à mon endroit d'autres pensées, qui faisaient écran, des pensées hostiles à cause de Moineau.
Elle conclut : « Je crois, je crois, qu'il y a des choses que je ne sais pas voir ».

Sur Émile : « Et puis, qu'est-ce que tu aurais fait d'un petit

Émile ? Dès que je l'ai vu, je me suis dit : il n'est pas fait pour Marine ».

Moi, confuse d'avoir appelé au secours : « C'est vrai, tu as raison, mais je ne vois pas ce que qui que ce soit aurait pu faire pour moi. Vous n'auriez rien pu faire, de toute façon, à part me dire, va à l'hôpital, tu en as besoin. La prochaine fois, s'il y en a une, j'irai à l'hôpital parce que ça abîme moins que d'affronter ça toute seule. Tout ce que vous pourriez faire avec Emma, une prochaine fois, c'est me rappeler d'aller à l'hôpital. »

Puis arrive un texto d'elle : « Pas fâchée de cette mise au point, poulette ».

Visite post-op à la clinique, genre visite obligatoire de la « bonne copine ». Une heure de retard, elle reste seulement vingt minutes, téléphone avec la fille de Guy Sorman et le neveu de D. L. et, là-dessus, je me mets à chialer. Elle se méprend sur la raison : « Fais comme moi, sers-toi des gens. Sers-toi de moi, accroche-toi à moi, je serai ta locomotive ».

Le Havre, où Emma nous invite à un festival de cinéma, films sélectionnés par Godard et expo de photos. Emma invite Mara en se disant que, si elle fait la connaissance de Godard, ça fera la nique à Balbuzard, et elle m'invite, moi, parce que j'ai toujours beaucoup aimé Godard.
Mara vient avec le jeune freluquet nantais dont Emma ne supporte pas les prétentions.

Très étrangement, ai passé le week-end complètement seule, sur place et dans le train.

Sa copine Anne (pas Mollecouille, mais l'autre hystérique)

se « suicide » en direct, en appelant Mara au téléphone. Mara « s'en occupe ». Caser, quelque part, qu'elle me le répétera, me fera valoir son rôle avec insistance (« Je ne suis pas comme tu dis »), ainsi que, bien plus tard, alors qu'autour d'elle *toutes* se suicident : Éva, la chérie, qui en est morte, Anne, par jalousie pour Éva, Nadine (d'après ce qu'en dit Mara), l'autre Anne, qui l'appelle en direct pendant sa tentative de suicide et, en fin de comptes, la seule qui se fait accuser de chantage au suicide dans cette histoire, c'est moi, suprême injustice, alors que c'est, plus encore que l'interdit d'écrire, mon interdit fondamental, fondateur, depuis l'âge de quatorze ans. Quand je luttais seule, à l'insu de tous, contre la hantise de me jeter par la fenêtre, non seulement pendant la journée, mais, plus difficile à maîtriser, d'un seul mouvement pendant mon sommeil quand je ne peux pas me surveiller et, par défenestration, j'entends cette violence surnaturelle du corps qui du lit se jette dans le vide à travers la fenêtre fermée qu'il a pourtant détruite et traversée, je ne l'ai dit à personne, tout en en ayant la vision permanente et d'une extrême violence, pendant les trois semaines que cela a duré.

M'appelle pour m'asséner son « Je m'en occupe ». Et je n'ai pas saisi qu'elle me disait cela juste pour me prouver qu'elle n'est pas comme elle croit que je pense qu'elle est.

Après ça : larmes en continu. Début de parano où je commence à généraliser au sujet des amis.

Noël : je commence à chialer aussitôt que j'entends sa voix.
Elle : « Tu es enrhumée ? Je forcerai ta porte. »
Et j'attends, et elle ne vient pas forcer ma porte.

Le lendemain, c'est moi qui la rappelle, et on discute posément une nuit, tard, en sifflant à nous deux une bouteille de rhum de cuisine. Ses collègues la harcèlent, Balbuzard la pourrit, etc. Je m'explique devant elle et m'excuse lourdement.
Mais mes larmes continuent.

Loriot à l'interphone, en bas de chez moi avec Éric. Je ne les rejoins pas parce que je suis en pleurs à cause de Mara. Je ne sais pas ce qui m'arrive.

Elle fait une fête où je ne vais pas (trop triste) mais où vont et sont invités mes amis, gens que toutes ces années elle voyait avec moi. Loriot m'appelle, irrité, en me disant : « Est-ce que tu y vas ? Éric ne peut pas y aller. Moi, ça ne m'intéresse pas d'aller chez elle si ce n'est pour vous voir toutes les deux ensemble », il est surpris qu'elle l'ait appelé. Généraliser : ils sont surpris. Et Romain, mon ex., aussi.

Ma lenteur (dépressive), ma défense après coup.
Elle : « Si j'apprends que tu as dit des choses sur moi, et je crois bien que tu as commencé, que je suis une sans cœur et tout ça, je te préviens, je te, je te... » Elle cherche : « ...je te quitte vraiment. Les vies divergent ». Moi : « Du jour au lendemain ! » Elle : « On vieillit : on a de moins en moins de temps, de plus en plus de choses dans la tête, de gens à voir... Je suis ton amie, on a toujours eu une relation saine, si tu as un problème avec moi, on ne se voit plus pendant dix ans, et dans dix ans, tu me rappelles, tu verras, je serai toujours ton amie. » Moi : « Ça, c'est une solution au problème ! » Elle : « Et puis, on ne se voyait pas si souvent que ça [gros mensonge], tu es devenue paranoïaque, ta paranoïa s'est fixée sur moi ! Ce n'est pas à moi de te

suivre ! Moi, je n'ai pas de problème avec toi, mais je n'aime pas qu'on m'emmerde. Je suis ton amie ». Moi : « Je ne sais pas si c'est compatible avec la jalousie. » Elle : « Moi, jalouse ? Ha ha ha ha !!! », rire long et froid, que je ne lui connaissais pas. « Moi, jalouse ? De toi ? De tes amis ? Je m'en fous. Moi aussi, j'ai fait une dépression en septembre : j'ai perdu des cheveux. Je peux te renvoyer l'argument et te rétorquer que tu ne t'es pas occupée de moi, pas souciée de moi. » Puis : « Je suis ton amie, je suis ton amie, je t'ai consacré dix heures, là ! Dix ! » Moi : « Qu'est-ce que tu as fait pour moi pendant mon année de dispo ? Pendant la tienne, j'étais venue, moi, te voir à Nantes ». Elle : un silence, puis : « Oublie, oublie ce que je viens de te dire, il ne faut pas entrer dans ce genre de comptabilité ». Elle réfléchit : « On a bien plus à se dire maintenant qu'autrefois sur les bancs de l'école, on est amies, oublie, oublie tout ce que je t'ai dit, on repart à zéro, je te fais confiance, on va tout reconstruire. » Moi : « Et si ça grince ? » Elle : « C'est pas grave, j'ai confiance en toi. »

À réordonner de la façon suivante, pour le transformer en dialogue de farce :
Mara : Nous avons toujours eu une relation saine [... ...] dans dix ans.
Moi : Ça t'arrangerait bien.
Mara : Les vies divergent.
Moi : Du jour au lendemain ?
Mara : Louise, je la vois deux fois par an, elle comprend qu'on a chacune sa vie, elle n'en fait pas une crise. Les vies divergent. On vieillit, on a de moins en moins de temps, on a de plus en plus de choses à faire, d'idées dans la tête, et de gens à connaître. Les chemins se séparent.
Moi : Oui, mais il y a la manière.

Mara : Je ne suis pas comme tu crois. Demande à mes amis ! Je ne suis pas comme tu crois...
(Montrer que Mara réitère à plusieurs reprises ses menaces de me « quitter vraiment »).
Moi : Ça ne changera pas grand-chose.
Mara : Ta paranoïa s'est fixée sur moi.
Moi : L'amitié n'est pas censée attrister ou enlaidir la vie.
Mara : Quoi ! C'est toi, toi qui dis ça ! Je n'ai de leçons à recevoir de personne sur l'amitié ! Qu'est-ce que tu crois, on y a réfléchi, avec les Nantais ! (ce qui veut dire « Balbuzard a écrit un livre là-dessus ».)
Mara : Tu as besoin qu'on te suive, ce n'est pas à moi de te suivre. Et puis je n'ai pas besoin de toi pour rencontrer Sophie Calle, j'ai d'autres moyens de la voir, plusieurs ! Et Sophie Calle ne m'intéresse pas, elle m'intéressait l'an dernier parce que je sortais de l'expo, mais elle ne m'intéresse plus.
Moi : Ben justement. Amitié / jalousie.
Elle : Moi, jalouse, jalouse de toi ? Ha ha ha ha !
Je suis ton amie : je ne voulais pas que tu ailles dîner chez Erwan Petrovski parce qu'à cette époque-là, il était malsain [c'est surtout qu'il était à nouveau célibataire !], je ne voulais pas qu'il te fasse des coups tordus. Émile, il a voulu sortir avec moi, il a essayé de coucher avec moi, je ne l'ai pas fait à cause de toi. Je suis ton amie. Je suis ton amie, c'est pour toi que j'ai rompu avec Moineau. Dix heures, je t'ai consacré ! Je les ai comptées ! Je ne t'aurais pas consacré dix heures si je n'étais pas ton amie ! Et puis j'ai fait une dépression en septembre, j'ai perdu des cheveux ! Je peux te retourner tes arguments : tu n'étais pas là pour moi, comme ça nous sommes quittes. Et puis, qu'est-ce que tu as fait pour moi pendant ma propre année de dispo ?
Marine : Mais... je suis venue te voir à Nantes.

Mara : (Silence)
Marine : Et ce n'est pas une question de temps consacré. La première fois que ça m'est arrivé d'être comme ça, je suis allée te voir à Saumur, et toi, tu es venue à Paris, c'est vrai qu'on ne s'est pas vues beaucoup, mais tu étais là. Ce n'est pas une question de temps. C'est la manière.
Mara : Oublie, oublie tout ce qui s'est passé, tout ce que je viens de te dire. Je tiens à toi, tu es mon amie d'enfance, on a bien plus à se dire maintenant que sur les bancs du collège. Construisons quelque chose, calme-toi, je te fais confiance, construisons autre chose.
Rivalité : laquelle des deux est, ou a été, pour l'autre, l'amie la meilleure ?

C'est après ce coup de fil que j'ai commencé à perdre mes illusions. Mais en fait, sur une base fausse. Fin de l'idée qu'elle est innocente. Elle l'était pourtant, tout ce qui précède était sans qu'elle en ait conscience, mais maintenant, elle essaye tout à la fois de se justifier et de se défendre : elle est parfaitement consciente, maintenant, de ce qu'elle dit et de ce qu'elle fait.

Six mois passent. Il n'y aura pas eu de reconstruction. Peut-être aussi parce que je ne suis pas en état. Mais on ne peut pas dire qu'elle ait essayé !

On se voit chez elle avec Emma, pour projection d'un film-maison « des Nantais », dénomination collective qui a le don d'exaspérer Emma, car c'est le film d'un seul. Mara s'étonne des films récents que je n'ai pas vus, je ne lui dis pas que je ne vais plus au cinéma parce que je ne peux plus suivre les films, pas plus que je ne peux lire un livre (du

coup, présenter la lecture des livres des amis comme utile et laborieuse rééducation).
« Ah bon, tu ne vas pas au cinéma ? Moi, j'y vais trois fois par semaine. »
Nous voilà comme deux étrangères, comme si l'on ne s'était pas accompagnées, en particulier au cinéma, à Paris et au festival de La Rochelle, pendant toutes ces années.

Progrès : elle prend le soin maintenant de décliner (par texto) une invitation, et moi de mon côté, je fais la rabatteuse, je l'invite uniquement (dans mon humilité / humiliation maladive) là où je sais qu'elle pourra rencontrer ce qu'elle appelle « du beau monde ». J'ai perdu beaucoup de naïveté et d'innocence dans cette histoire.

CARNET NOIR 5 (suite)

Mara : il faut qu'elle devienne folle afin de pouvoir écrire.

Il en va de la folie comme de la connerie : le changement est signe de santé. Ou au contraire : sage, celui qui s'obstine dans sa folie. Persévérer dans sa folie / persévérer dans son être. Les cons vivent, croissent et se multiplient. Se portent à merveille.

Folies tristes, folies méchantes.

Le collectif nantais, dans la farce, pourrait aussi bien être toulousain et pourrait alors s'appeler, pour la rime, « la vie nous appartient », ou « le monde nous appartient ».

Mara : a compris que le bonheur, c'est con, ennuyeux, et qu'il y a bien mieux à faire.

Allons derechef écrire cette histoire. Dédicace possible : « À l'amie qui ne m'a pas sauvé la vie ». Non, cette idée est déjà prise.

Différence fou / écrivain : le rythme ? L'écriture ? L'isolement ? Coquetterie chez l'un, mais pas chez l'autre.
Est-ce qu'on se débarrasse des absents qui nous font souffrir ? Oui.
Un coup à prendre, pour rédiger commodément : écrire vite et penser lentement.
Écrivains : fous qui se soignent par l'écriture. Cf. Loriot : « Si je ne suis pas fou, c'est parce que j'écris. »
Fous cachés / fous glorieux.

Et moi, qu'est-ce que j'attends pour écrire sur Wilhelm ?
Placer les mots terribles de W : « Avorteuse, gâcheuse, galvaudeuse ».
Risque d'oublier W si j'écris (et pas seulement de le trahir).
Lui écrire, non seulement pour m'expliquer, mais pour avoir la possibilité, d'une autre façon, de partager ma vie avec lui, s'il me lisait un jour, et pourquoi s'arrêter là, pourquoi ne pas se contenter d'écrire, de tout lui écrire ? Est-ce que cela me suffirait ? Non.
Impossible d'écrire autrement que sur et pour Wilhelm, parole confisquée. Ne pas heurter sa délicatesse ? Mais il ne pense plus à tout cela.

La licence poétique (détourner l'expression).

Le « *book* » de Mara : son intérêt est que tout y est inventé.

Écrire : se dévorer soi-même en boucle.

La dispo : drame de l'impossibilité de lire et aussi de la difficulté d'écrire.

Dans la dépression, brefs moments de grâce, un instant de répit quand une parole a du sens, « espoir d'un éclair dans un monde qui se tait », quand les gens qu'on aime suffisent à nous distraire de la souffrance quelques minutes. Parfois deux heures. Les êtres vitaux.

Reprendre à partir du dîner chez Nils. Présenter l'alternative : farce à écrire pour sauver l'amitié, (« Oh oui, règle-lui enfin son compte ! ») et farce à ne pas écrire, à s'empêcher d'écrire (peur que le personnage de Mara ne soit pas défendable, et qu'elle m'en veuille pour toujours, ensuite).
Après l'épreuve de la dépression grave, dualisme naïf, manichéen : le monde se partage entre ce qui aide à survivre, donne de la force, et tout le reste.
Bichat, vie : ensemble des forces qui résistent à la mort.
Folie développée : moyen de survie. Moyen de défense.
Écriture idem. À ne plus faire qu'écrire, aussi, on en crève.
Question : choisit-on ses moyens de survie ?

Mort : solidification, pétrification, statue de sel, ralentissement, anesthésie. Ralentissement des fonctions psychiques et motrices, anesthésie mentale. Évanouissement contre douleur physique. Amoindrissement, empêchement, amortir, amortissement. Insister sur ma très laborieuse lenteur.
Si ces moyens de défense vitale sont extrêmes ou l'emportent, ou se figent, ou prolifèrent, on en crève. On meurt de ses défenses vitales, en réponse à l'absence de

l'être vital. Solution : multiplier les solutions, multiplier les êtres vitaux, les activités vitales. « L'absence », dit Jean de La Fontaine, « est le pire des maux ».

Montrer qu'après l'épisode Mara, de manière irrationnelle, je fais le deuil de tous mes amis, je ne compte plus sur aucun de mes êtres vitaux, et l'isolement se poursuit pour des raisons différentes de celles du début.

Suspense / mise en abyme / écriture de la farce : il ne tiendrait qu'à Mara de m'empêcher de l'écrire (elle, qui répète que Balbuzard lui disait « J'écris un livre, empêche-moi de l'écrire ». Mais comment empêcher quelqu'un d'écrire ?), puis plus tard : il ne tient qu'à elle d'en infléchir le sens. Conflit moral : farce folle, certes, mais aussi éloge de l'amitié ? Ou assassinat médiatique dans les règles ? Après tout, ce ne sera pas le premier, elle vit dangereusement, entourée de gens susceptibles de régler leurs problèmes par la plume. Dans quel sens penchera la balance ? Écriture-vérité-justice ? Moyen modeste de se faire justice soi-même. Sur le papier, tout est permis.

Écrire ou pas : Balbuzard avait-il le choix ? Au fil de la farce, condamnation d'abord, puis clémence à son égard.

Pourquoi Mara me quitte, puis me relègue dans « les amis d'enfance » ? Témoin gênant de sa bêtise passée ? Appartiens à ses anciennes fréquentations pas glorieuses ? Peur que je ne fasse quelque chose de ma vie parce que j'ai une année pour cela ?

Sorte de vitalisme, la vie comme bousculade, être bousculé fait bouger, tout ce qui fait bouger éloigne de la mort.

On écrit aux absents. Quand on écrit sur les présents, c'est là qu'on les absentifie, qu'on les assassine. Écrire quelqu'un, c'est le réduire, l'absentifier.
Farce : est-ce que Mara prendra seulement le temps de la lire ?

Dans la série « Tous écrivent » : on ne peut plus ouvrir la presse sans lire des articles sur des gens qu'on connaissait autrefois.

Sur mes folies familiales, Mara : « Cela ferait un sujet de roman ». Me voilà un objet, encore, « chair à roman ». Envie de lui dire : « Cette histoire m'appartient, c'est moi qui ai pété les plombs » (et plus loin : « Je ne te laisserai pas la réécrire »).

Selon Emma, si Balbuzard a infligé cette histoire tordue à Mara, s'il a mené cette histoire avec elle, c'était déjà en vue de l'écrire. Il s'est servi d'elle, il avait besoin d'une partenaire, ou plutôt d'un cobaye.

Insister sur l'ampleur du malentendu avec Mara, dans la scène où elle demande si j'ai vu tel et tel film, et comme c'est non, elle constate : « Ah, tu ne vas pas souvent au cinéma. Moi, j'y vais trois fois par semaines ». Elle ne peut pas deviner que je ne suis pas en état de suivre un film, pas plus que de lire un livre.

L'écrit fige, arrête, mortifie. Freiner ainsi Mara, ou même l'arrêter ?

Moi, longtemps, ai considéré le « Ne pas écrire », en

réponse au « Tu n'écriras point » formulé par Wilhelm, comme une forme d'héroïsme dans la maîtrise de soi. Se retenir, se maîtriser (« Je ne maîtrise plus »), ce qui me ferait vilipender la faiblesse des autres.
Mara : « Je me suiciderai à vingt-cinq ans, je ne veux pas vieillir. » Puis, plus tard : « J'ai lu *La femme de trente ans* de Balzac, c'est un défi intéressant, pour une femme, d'affronter la trentaine. » Plus tard encore, elle dira à Emma : « Je ne passerai pas quarante ans. »
Ses théories sur l'enfantement.

Mara : sa théorie impitoyable sur les amis d'enfance. Ou bien sa théorie sur ce que doit être la *new girl* (Cf. « Au lycée on m'appelle la Rouge ! On croit que je suis lesbienne ! ». Rien que de l'image.

C'est moi qui maintenant déraille et abonde en théories ? Ou bien dois-je m'en tenir à une seule, celle des êtres vitaux (que les non-initiés ne peuvent pas totalement comprendre) ?

Quelles ont dû être l'angoisse et l'inquiétude de Mara, pour qu'elle ait besoin de multiplier ainsi les théories *ad hoc* ? (ex. : ses mensonges à Emma, et sa nouvelle théorie de l'amitié).
Mais ensuite, elle me dit : « Bonne mise au point, *girl*. Mets les points sur les i. Tu as raison, il y a des liens, il y a des liens, j'en ai parlé avec Evaristo, etc., il y a des liens importants, on ne peut être totalement indépendants. »

Se demander si Mara ne pense et ne dit pas tout haut ce qui motive vraiment de nombreux aspirants de la culture ou des Lettres parisiennes.

19/02/09

Le cri de Montparnasse : possible titre.
Prendre garde surtout, à ne pas se faire d'amis. Fuir dans une province reculée où je ne verrai personne parce que je ne connaîtrai personne. L'amitié aussi mérite que l'on s'en abstienne.

Émile : elle aura cru que, pour moi, ce garçon n'était qu'un caprice. Ou elle aura seulement feint de croire ?

Clément Martinet : « Moineau » dans la farce, car pas beaucoup d'autres noms d'oiseaux commençant par « m » et parce que le moineau est un petit oiseau.

Cf. « L'amitié, on y a réfléchi, avec les Nantais, qu'est-ce que tu crois. Ce n'est pas toi qui va m'apprendre quelque chose sur l'amitié. » Avant, théorie mystique sur l'amitié haute fidélité, avant, amie haute fidélité. De telle sorte que l'absence d'égards, d'écoute, d'attention, d'échanges, ne risque en rien de l'altérer.

Faire jeux de mots, sur anticorps / « anti-cœurs ». Sur « claire comme de l'eau de rose », et « de l'eau de rosse ».

Décrire le moment où j'essaye de me raisonner au milieu de mes larmes, en me disant qu'il y a des choses plus grave que la fin d'une amitié. Une bonne guerre me ferait du bien. En l'absence de guerre, on crève du non-emploi de nos propres moyens de défense qui se retournent contre nous. Mara, elle, est en guerre. Guerre de conquête, guerre d'occupation du

« milieu », guerre d'influences (cf. sur les lieux de tournage : guerre des sexes).

Présenter son nouvel engagement féministe comme une réponse désespérée à son aliénation à Balbuzard.
Escroquerie du cœur, arnaque : il suffit de croire qu'il y a du corps quelque part pour qu'on puisse tout supporter. En l'occurrence, je crois que c'est par amour qu'elle se rend folle, et d'une folie odieuse, sinistre, une folie crapuleuse.

Les amitiés se font si lentement et se déferaient du jour au lendemain ? Pas comme ça que ça se passe, ou devrait. On devrait s'éloigner lentement, parce que les vies divergent, et à regret. Mais, quand elle dit que les vies divergent, il est vrai que la sienne a divergé à toute vitesse.
Traque des raisons de la fin de l'amitié.
Oui, on se doit de dire à ses amis, ses proches, qu'ils déconnent.

Son vocabulaire guerrier : elle croit que je lui ai « miné le terrain » en parlant à Loriot ou à Éric.

Guerre de tous contre tous, folies se heurtent les unes aux autres, s'entrechoquent. Pour mon personnage en dépression, employer de façon récurrente le vocabulaire de la défaite. Quand je réagis, m'énerve, m'excite, dire : « le cadavre bouge encore ». Guerre où l'on emploie les armes du bord : les plus démunis, les plus inoffensifs n'ont que l'écriture. Moi, je veux écrire pour reconquérir mon amie, son amitié.

Dialogue où Marine accuse Balbuzard d'avoir assassiné Mara, avec son livre : « Ça a failli l'achever ». Le spectre de

Balbuzard, de rétorquer : « Elle ne s'est jamais, au contraire, aussi bien portée, elle n'a jamais fait tant de choses ».
Agir, bousculer : vie.

Conversion de Mara à la guerre, Mara s'en va-t-en guerre (contre les Nantais, par exemple, et plus tard contre moi, via ses calomnies auprès d'Emma). Colère, orage : « J'attends l'orage chez toi », me disait-elle, il y a dix ans déjà.
Admettre qu'il n'y a pas de bonnes ou de mauvaises raisons de faire la guerre. Ce n'est pas un choix. Ce peut être la seule façon de se tenir en vie. Il n'y a que des façons de vivre ou des façons de mourir. Ressusciter : cf. le questionnaire de Grégoire Bouillier : « Qu'est-ce qui vous fait vous lever le matin ? Quand êtes-vous mort pour la dernière fois ? »
Combat : faute de combat, mort des combattants. Nous sommes d'énormes machines de guerre, des dispositifs de survie monstrueusement efficaces. Nos aïeux ont survécu à la barbarie, au froid, aux fauves, aux guerres, aux microbes, à l'intolérance. Nous sommes superarmés. C'est pour cela que je crève d'un chagrin d'amour vieux d'il y a douze ans. Ma disponibilité : néant, ce n'est pas en lisant des livres qu'on fait la guerre. Moi, je ne fais pas la guerre, je n'embête personne, je ne fais que résister à la violence, en famille d'abord, et sur le front des banlieues, avec ce métier que j'appelais de mes vœux...

Tomber, finalement, dans l'éloge du portrait guerrier de Mara. Retrouver phrase de Baudelaire : « Comme nous sommes grands dans nos souliers vernis ». Exploiter le texte de Pascal sur le divertissement : guerres, etc.
Faire l'éloge de Mara. Se dire qu'elle a compris tout ça. Et c'est maintenant qu'elle ne me voit plus ! Cf., bien plus tard,

quand Emma me dit que des conflits comme elle en a eu avec moi, elle en a tout plein en même temps, sur tous les fronts : « C'est comme ça qu'elle vit ». Moi, avec elle, je veux être du combat, de tous les combats. Produire cette théorie folle, puante peut-être, pour sauver l'amitié, entrer dans ses vues, lui donner raison et lui montrer que, moi aussi, comme elle, je suis une bonne combattante.

Mon énorme capacité de dire non à tout ce qui a pu se présenter de bon. Combat contre l'ennemi intérieur. On se consume soi-même ; ainsi, point de coulpe, on n'emmerde personne.

Dépression : moi, en mon camp, en mon appartement retranchée.

Inévitable participation à la grande orgie littéraire, avec ceux qui vous citent et ceux qui vous plagient, même par anticipation.

Loriot, en réponse à ma tentative de lui parler (mais il est vrai que je suis trop longue) : « Tu te plains. Tu es déprimée parce que tu n'es pas contente de ton année de dispo ». Moi : « Mais non, ce n'est pas ça, tu n'as vu que le haut de l'iceberg ». Lui : « C'est de la politesse. Tiens, *La politesse de l'iceberg*, ça ferait un beau titre. Je suis gentil, je te le laisse, ce titre ». Loriot qui, bien sûr, sait mieux que moi-même ce que je vis : « Ce que tu veux me dire, je ne veux pas l'entendre. Mais je veux bien le lire. Écris-le, écris-le moi avant septembre. Je te ferai éditer chez Grasset. Mais fais quelque chose de ta vie ».

Mais moi, je ne considère pas qu'écrire soit faire quelque

chose de sa vie. Pas du tout.

Aller au baston : se sentir exister. Pour moi, pas par la plume : je suis aguerrie à des armes bien plus brutales.
Alors (je me dis, du creux de ma propre folie), si Mara est devenue folle, peut-être qu'il est faux qu'elle ne m'aime plus, qu'il est faux qu'elle n'est plus mon amie.

Délire à mon sujet que Mara a dû construire peu à peu, au fil des événements. Nadine, Anne, après l'histoire d'Éva : tout le monde se suicide autour d'elle, et pas moi, et c'est sur moi que ça tombe ! Terrible sentiment d'injustice. Elle est inventive, elle délire. Plus tard je saurai que c'était, de sa part, du mensonge vengeur.

Placer ces mots d'Emma : « Dur d'être ton amie. Moi aussi j'ai été jalouse. Tu es plus belle, tu es plus intelligente, et surtout tu es gentille ».

Le pardon. J'oubliais que ce que les gens ne peuvent pas vous pardonner, c'est le mal qu'ils ont fait eux-mêmes, qu'on en ait été le témoin ou la victime.

Emma fait remarquer que le duo qu'on était, Mara et moi, n'était pas, contrairement à ce qui a suivi entre elle et Mollecouille, un rapport dominant / dominé. C'est peut-être pour ça que ça ne lui a plus convenu. Mara, raconte Emma, protestait contre moi : « Marine ne m'écoute pas, je lui dis de rompre avec sa mère ou de ne plus rien attendre d'elle, mais elle ne m'écoute pas, elle ne fait pas ce que je lui dis ! ».

Cou long, allongé par des années d'étirement sans doute,

petit menton altier toujours en l'air et le nez à l'unisson.

Vocabulaire guerrier : elle se maquille les yeux pour qu'ils « aient plus d'impact ». À rapprocher de « Mara a le sens du danger », paroles de Stern.

....
Notes de lecture sur Vila-Matas :
- La Bruyère : « La gloire de certains hommes, cela consiste à ne pas écrire. »
- Du labyrinthe, de la pulsion du non, surgira l'écriture à venir.
- Walser sait que c'est encore écrire, que d'écrire que l'on n'arrive pas à écrire.
- Pierre Ménard : « Pourquoi écrire ce qui a déjà été écrit ? »
- Walser : « Aujourd'hui, il me faut arrêter d'écrire. Cela m'excite trop. Et les lettres dansent, brûlantes devant mes yeux. »
- Hoffmanstahl : il renonce à l'écriture, pour avoir perdu sa faculté de penser ou parler de façon cohérente de quoi que ce soit.
- Beckett : a fini à l'asile, y est allé de son propre chef.
- Musil : a magnifié l'idée « d'auteur improductif ».
- Ceux qui sont paralysés devant la dimension d'absolu de toute création.
- Bénabou : « Les livres que je n'ai pas écrits, n'allez pas croire qu'ils sont pur néant. Bien au contraire, ils sont comme en suspension dans la littérature universelle. »
- Hölderlin, son cas : abandon de la littérature après être tombé dans un état de folie dont on ne récupère jamais.
- Duras : « Écrire, c'est aussi ne pas parler. C'est se taire. C'est hurler sans bruit. »
- Vingt-huit ans de silence ambigu de Walser (qui n'a écrit que sur la vanité de tout). Contre la force et le prestige.

- Quelqu'un qui renonce à l'écriture parce qu'il n'est personne : l'écrivain de génie, sans œuvre, écrivain « agraphe » parce que récalcitrant.
- On ne peut plus écrire de livre, seulement des notes de bas de page. On attend de celui qui dit ça qu'il écrive un chef-d'œuvre.
- L'écriture n'est qu'un petit malentendu sans importance, assez minuscule pour nous rendre presque muets.
- C'est que je me sens comme un meuble, et les meubles, que je sache, n'écrivent pas.
- Ne rien écrire sous prétexte d'attendre la venue de l'inspiration. Erreur dénoncée par Stendhal.
- Pourquoi ai-je écrit ? Car, enfin, il n'est normal que de lire... Pour s'inventer une identité ? […] Je croyais que je voulais être poète, alors que je voulais être poème.
- Observer la vie et trouver qu'elle manque justement un peu de vie.
- Le véritable héros est celui qui s'amuse tout seul (mon grand-père Albert aussi le disait).
- Ne jamais écrire mais s'y préparer en recherchant les conditions optimales qui permettraient d'écrire.
- Vivre dans, atteindre le point d'où naissent tous les livres. Ce centre atteint, nous serions alors dispensés d'écrire.
- Région pure de l'art : loin de la chose civile.
- Chamfort, devant le miroir : « À en juger par moi, l'homme est un animal stupide ». Moralisme sans recherche du prestige de la droiture.
- Tous les jours, grossit la liste des choses dont je ne parle pas.
- Jouer à la fête en solitaire. Je jouerai, moi aussi, à m'en aller le dernier en me cognant aux meubles. J'aime mes fêtes d'homme seul.
- Renoncer à manifester ses dons : de la haute aristocratie.

- J'écris pour ne pas être écrit, pour agir sur le comportement littéraire des autres.
- Parler (*Bartleby*), c'est conclure un pacte de non-sens avec l'existence.
- Melville et l'immense pouvoir de la noirceur.
- Blanchot : « Le mouvement de refus est difficile et rare ; c'est qu'il ne suffit pas de refuser le pire, mais aussi une apparence raisonnable, une solution que l'on dirait heureuse. »
- Wilde : « Ne rien faire du tout, c'est la chose la plus difficile au monde, la plus difficile et la plus intellectuelle. »
- Wilde : « J'ai écrit tant que je ne connaissais pas la vie. Maintenant que j'en ai compris le sens, je n'ai plus rien à écrire. »

....

Début du *Comte d'Orgel* : Madame X « croit aux personnages ».
Mara a toujours cru aux personnages, à commencer pas le sien.

....

Le grand livre que chacun porte (!!)

Soirée où il y aura toujours un vieil éditeur qui, pour vous hameçonner, se croit obligé de se plaindre de la pitoyable vanité de tous ceux-là, autour, qui écrivent, alors que la seule qui aurait vraiment quelque chose à dire (vous, bien sûr, avec qui, sans doute, il espère terminer la soirée) s'en abstient. Quelle vanité que ce métier, etc.

Comment répondre à cette question étonnée « Vous n'écrivez pas ? ». D'une manière distraite, légère ? On ne vous croit pas. Si c'est de manière plus appuyée, vous devenez aussitôt « celle qui n'écrit pas », celle qui se

tourmente dans ses manuscrits inaboutis, ou pire, un écrivain agraphe. Ce devrait être simple, pourtant, de faire entendre que l'on n'écrit pas.
Il n'y a qu'Achille, finalement qui l'accepte : « Je trouve ça, classe, que tu n'écrives pas. »
Et Gerbert, « Je suis comme vous, je me contente de prendre mentalement des notes ».

Même les plus proches de mes amis s'en mêlent... Emma supplie et gémit : « On n'en peut plus, que tu n'écrives pas. Tu as plus de talent que nous tous réunis. »
....

Citations d'Alexandre Lacroix, *La grâce du criminel*, 2005, PUF.
- De nombreux écrivains majeurs sont eux-mêmes des individus déviants.
- Les civilisés sont au moins aussi cruels que les barbares, mais leur cruauté est intellectualisée, réfléchie.
- Masochisme moral, mauvaise conscience occasion de délices. Dostoïevski : « Je me rongeais secrètement de l'intérieur à toutes dents, jusqu'à ce que l'amertume devienne une honteuse douceur, puis une jouissance franche et grave. »
- La souffrance et le remords d'avoir mal agi peuvent être des ruses pour échapper à l'ennui, aviver sa sensibilité, retrouver le goût de vivre. Le confort, le calme sont-ils des consolation à l'usage des sages ? Ce ne sont pas les buts que poursuivent la majorité des hommes. Ils ne se soucient guère des conséquences lointaines de leurs actes, encore moins du bien-être universel.
- Faulkner : l'introduction de la tragédie grecque dans le roman policier.

- Schopenhauer, pour qui le rapport entre les êtres est, par essence, conflictuel : « Tout individu, en tant qu'intelligence, est réellement, et se paraît à lui-même, la volonté de vivre tout entière ». Solipsisme naturel. Tendance à accorder plus de prix à sa propre existence qu'à celle des autres, à se croire tout-puissant. Plus encore, l'individu veut déployer sa force, il essaie de s'affirmer en gagnant du terrain, en débordant sur les possessions et la liberté d'autrui. Annexer l'espace vital de ses semblables.
- Asymétrie fondamentale du regard, voir Sartre : « Ou je regarde l'autre et il devient un objet pour moi, ou c'est l'autre qui me regarde et je deviens sa chose. »
- Détruire son manuscrit : première forme de suicide.
- Giraudoux : « L'innocence d'un être est l'adaptation absolue à l'univers dans lequel il vit ». Ex. : l'innocence du loup. L'innocent est celui qui n'explique pas. Ce qui fait basculer un homme de l'innocence dans le péché, c'est l'opération par laquelle il prend conscience de ses actes, non les actes eux-mêmes.
- Les victimes liées / les victimes consentantes. Le suicide passif.
- Je connais un labyrinthe grec qui est une ligne droite.
- Nietzsche : « La mauvaise conscience est apparue quand l'homme s'est retrouvé enchaîné dans la carcan de la société et de la paix. »
- Freud : agressivité introjectée du fait de la civilisation, se retourne contre le moi, devient auxiliaire du surmoi, *i. e.* conscience morale. Or la conscience morale se comporte avec d'autant plus de sévérité, et se manifeste avec une méfiance d'autant plus grande que le sujet est plus vertueux. Si bien que ceux-là s'accuseront d'être les plus grands pécheurs qu'elle aura fait avancer plus loin dans la voie de la sainteté. Plus l'individu est docile, ascétique,

sociable, plus il emploie d'énergie à se surveiller. L'innocent en est réduit à s'inquiéter pour des broutilles.
- Pour sublimer la pulsion criminelle, la création est certainement le moyen le plus pacifique et le plus économique, sorte d'équivalence entre l'acte d'écrire un livre et celui de tuer, l'un pouvant être accompli en remplacement de l'autre.
- En littérature, les passions les plus néfastes et les plus réprouvées peuvent se révéler fertiles.

....

« Viens-là que je te rectifie, que je te corrige » (à dire au personnage de Mara ?)
....

CARNET BLEU 4/7
FIN

Naufrage de l'amitié, naufrage amical
Maintenant qu'avec Mara, on ne se voit plus guère, se croiser dans une fête en serait l'occasion, pour échanger quelques mots (les fêtes de Vanneau). Mais non, pour elle, temps perdu, pas constructif de saluer ceux qui sont déjà nos amis, l'amitié véritable est au-delà de ce genre de détails et conventions sociales...

Soirée Vanneau.
Voix humaines, un échange, enfin, qui me sort de l'effroi, et sauve la soirée et peut-être la semaine. Un vrai moment où l'on ne regarde pas au-dessus de l'épaule de l'autre pour voir s'il y a quelqu'un de mieux à qui parler, pour faire ensuite la connaissance d'x qu'il connaît.

Mettre sur le compte de Mollecouille ces inoubliables répliques ?
- « T'es là pour pécho, toi aussi ? »
- (*Plus tard*) : « Alors, t'as pécho ? »
- « T'as toujours pas pécho ? »

Montrer ironiquement que voilà la personne qui, ce soir-là, veut bien échanger quelques mots avec moi.

Sur l'ami que Mara emmène au Havre : il est de ceux qui sortent leur carnet quand on parle avec eux dans une fête, pour noter une idée ou une expression sortie de votre bouche et faire de vous de la « chair à romans » ou, qui sait ? tout aussi bien pour faire la satire de votre sottise. Le petit freluquet nantais qui éreinte tout le monde, mais fait l'éloge constant de Mara.

Si je n'étais pas en dépression, cela prêterait à rire.

Pour structurer la farce, revenir à plusieurs reprises sur le thème des soirées où les prédateurs littéraires « chassent » la chair à romans.

Reprise du passage sur le vernissage. Voix métalliques. J'entends des échos métalliques de ce qu'elle fait. Pourquoi ne m'en parle-t-elle pas à moi, de sorte que, toujours, je l'apprends par les autres ? Parce qu'elle n'a pas à se vanter de ce qu'elle doit faire pour me conquérir ?
C'est parce qu'elle en parle à la cantonade que j'entends de ses nouvelles, à la cantonade parce que, à portée de voix, il y a l'éditeur P.O.L. Finalement elle m'a vue puisque, en passant près de moi, elle me dit : « Regarde, là, c'est P.O.L », avec coup d'œil discret en sa direction, puis l'approche stratégique ci-dessus, ensuite le parler fort.

Juste suggérer, par la chronologie de mon texte, le lien causal.

Un an de disponibilité pour, enfin, me refaire, et c'est là qu'elle me plante. Mais il est vrai que je ne peux pas hâter sa progression sociale plus que je ne l'ai déjà fait : elle garde contact désormais avec tous mes amis, y compris ceux du premier cercle, mais encore plus avec ceux qui brillent.

Idée de Mara : éviter systématiquement de dire bonjour, au cas où l'autre s'enhardirait à discuter, éviter de lier conversation, l'ignorer. Ainsi l'on est garanti de ne pas perdre son temps.

C'est par distraction qu'elle ne me voit plus. Pour elle, c'est comme si je faisais partie des meubles (l'expression est d'Emma).
Dans ma recherche folle de culpabilité imaginaire, j'énumère : être arrivée à Paris avant elle, avoir eu une IVG (c'est-à-dire du « matériau ») avant elle, être allée à Berlin avant elle, avoir, cette année, plus de temps qu'elle.

Félicie, l'amie de Stern, m'a dit « Merci d'exister », tandis que, par Mara, je suis « remerciée » du jour au lendemain.

Sur le passage à l'écriture.
Achille : « Tu as tout ton temps pour en venir à l'écriture ». Il fait cette remarque un an après m'avoir dit « C'est classe que tu n'écrives pas »...
Stern : « Il faudrait que je te dise quelque chose, euh, enfin, Félicie pense que... Pour Félicie, il est évident que tu *dois* écrire. Et, bref, c'est Félicie, mais je suis d'accord avec elle, je le pense depuis longtemps, je suis d'accord ». C'est dit

avec la même gêne que s'il avait à m'enjoindre de voir un psychiatre.

Tomber prend trois jours, se relever, peut-être parce que je n'ai guère été aidée si ce n'est par deux de mes amis, cela prend des années.

À chaque folie un livre ! Se soulager de ses folies, purger tout ça.
Tant de comptes à régler.

Me suis appliquée des années à cesser de parler comme un livre et, maintenant, c'est à l'écriture que l'on m'enjoint... C'est le monde à l'envers !

Échec de cette année de disponibilité : je voulais retourner dans la vie et voilà qu'il me faut écrire.

L'attente éternelle de Wilhelm a pris la forme d'un livre à ne pas écrire.

« Écrire est un mal, mais un moindre mal », disait Loriot.

Nécessité d'écrire sa propre histoire avant que les autres n'aient achevé de se l'approprier et de vous phagocyter.

Mara et moi : c'est à celle de nous deux qui écrira la première cette histoire. Moi, je n'arrange rien, je rampe sur le réel, toi, ton délire arrangerait, embellirait les choses, mais je ne te fais pas confiance, je ne te laisserai pas écrire notre vie, je n'irai pas dans ton sens, celui des théories embellissantes.

Dans mon texte, finalement, c'est elle qui tient le beau rôle, qui est sous les feux de la rampe : la rassurer entièrement sur ce point, voilà qui satisfera son narcissisme.

En décrivant mon année de dispo comme une année de solitude expérimentale, montrer en détail les dégâts physiques collatéraux de la dépression.
Lutte pour la vie. Mon énergie d'empêchement. J'y ai pleinement réussi (à m'empêcher d'exister).
Ailleurs, lutte pour la reproduction. Ici : lutte pour la production littéraire.

Wilhelm, mon phallus brillant à moi, mon astre mort dont je reçois encore un peu la lumière.
Est-ce que je serai encore en vie quand il ne m'éclairera plus ?

Transe, folie, écriture, écriture comme la fine fleur de la transe.

Compléter le monologue intérieur. À Picaza qui me demandait, atterré : « Mais tu fais des choses folles, quand même ? » répondre, après le pétage de plombs devant le Tribunal littéraire : « C'est chose faite ».

Addendum : citer la remarque de Loriot, quand, un an après avoir commenté à Éric que Mara m'avait fait un coup de pute, il me déclare avec force gêne (et sans, bien sûr, aucune autocritique face à sa propre attitude) : « Tu es mieux qu'elle, tu perdais ton temps avec elle. » Moi : « Mais elle, elle progresse, elle travaille, etc. » Lui : « Il n'y a rien à faire, c'est son âme qui ne va pas, elle peut faire tous les efforts qu'elle veut, ça ne marchera pas. Et puis, toi, tu

connais un écrivain (lui !), un vrai, pas elle ». Ce qui montre que Balbuzard, aux yeux de Loriot, n'est pas un *vrai* écrivain. Comme si c'était une supériorité de moi sur Mara, de le connaître, lui, Loriot...
J'ai pensé : « Que m'importe d'avoir des amis qui sont de vrais écrivains ou gens connus, si je ne les vois plus ».

Est-ce qu'on peut, la fréquentant, ne pas avoir conscience de sa personnalité ? Est-ce qu'à force de fréquenter les gens, on ne voit pas ce qu'ils sont ?

Elle était plus inoffensive quand son narcissisme forcené s'exprimait dans ses vêtements, quand sa folie portait sur les fringues et les bijoux. Maintenant que ses ambitions sont culturelles...

Je me suis dit, déjà il y a bien longtemps, à son égard, que si elle n'était pas une vieille amie d'enfance, si je la rencontrais maintenant, je n'aurais rien à échanger avec elle, et on ne deviendrait certainement pas amies.

Et, jamais, au grand jamais, je n'aurais infligé sa présence à Wilhelm.